伤心和寂寞都是美的

周作人——著

北京理工大学出版社
BEIJING INSTITUTE OF TECHNOLOGY PRESS

图书在版编目（CIP）数据

伤心和寂寞都是美的 / 周作人著. —北京：北京理工大学出版社，2018.5

ISBN 978-7-5682-5371-0

Ⅰ. ①伤… Ⅱ. ①周… Ⅲ. ①散文集—中国—现代 Ⅳ. ①I266

中国版本图书馆CIP数据核字（2018）第044613号

出版发行 / 北京理工大学出版社有限责任公司
社　　址 / 北京市海淀区中关村南大街 5 号
邮　　编 / 100081
电　　话 / （010）68914775（总编室）
（010）82562903（教材售后服务热线）
（010）68948351（其他图书服务热线）
网　　址 / http: //www.bitpress.com.cn
经　　销 / 全国各地新华书店
印　　刷 / 三河市金元印装有限公司
开　　本 / 889 毫米 × 1194 毫米　1/32
印　　张 / 8
字　　数 / 154千字
版　　次 / 2018 年 5 月第 1 版　2018 年 5 月第 1 次印刷
定　　价 / 35.00元

责任编辑 / 申玉琴
文案编辑 / 申玉琴
责任校对 / 周瑞红
责任印制 / 边心超

序

周作人是中国现代散文的最早提倡者和开拓者，其散文文体包括随笔、小品、杂文、笔记等，种类庞杂，形式多样。写作中，周作人在严守散文体制的同时，又努力打破各种体式的界限，在散文文体中寻求突破的途径，使得散文各体之间互相融合，开拓了中国现代散文的创作视野。

周作人早期的散文作品从人道主义出发，反对封建礼教，深刻思考中国国民性问题，提倡思想启蒙，虽不像鲁迅的作品那样犀利、尖锐，但却显示了他人道主义者的正义感。如本书收录的《关于三月十八日的死者》《吃烈士》就是这类文章的代表作，充分表达了作者的悲愤、缅怀之情。

1928年以后，周作人的创作风格发生了很大的变化，他的散文更加崇尚平淡，有着一种朴实的闲适。他从自己的真情实感出发，从取材、立意，以至行文各方面，都体现了只用平白无华的语言营造幽隽淡远的意态。如《初恋》中写道："每逢她抱着猫来看我写字，我便不自觉的振作起来，用了平常所无的努力去映写，感着一种无所希求的迷蒙的喜乐。并不问她是否爱我，或者也还不知道自己是爱着她……”这种朴实的、毫不造作的描写，让我们感受到了初恋情感的平淡真实。

周作人的散文，内容驳杂，既写苍蝇蚯蚓、品茶饮酒、谈狐说鬼，也写风俗人情、读书写字等，主要以趣味性和知识性吸引人，平和冲淡的风格贯穿始终。如本书收录的《故乡的野菜》，既叙述了野菜的用处：或以厌虫蚁，或做供品，或做肥料；同时，又引经据典地描写了野菜的风雅传说，再加上儿歌的描述，为文章增添了不少趣味性。但透过这些淡淡的描写，我们不难体会到作者对故乡深切的相思之情，以及对那种恬淡、充满诗意的生活的向往。还有《吃茶》《谈酒》《入厕读书》等名篇，所写都是平常生活中的平常小事，虽无多大的思想意义，但其中另有一番雅趣。作者极其平淡地将生活的琐碎津津乐道。

周作人向往平淡、富有雅趣的生活，然而身处乱世，历经五四运动、抗日战争、解放战争……人生道路曲折、复杂，由此，也就不难理解其散文的百味杂糅。本书根据作者不同时期的经历，以“脍炙人口、性情真挚”为主旨，甄选出55篇散文佳作供读者品读。读出平和冲淡的人，可以享受宁静闲适的美好；读出苦涩哀愁的人，可以找到旧时的知音，获得心灵的慰藉。

目录 Contents

初恋 001

娱园 003

若子的病 006

若子的死 010

苦雨 012

鸟声 016

喑辞 019

故乡的野菜 022

北京的茶食 025

喝茶 027

苍蝇 031

十字街头的塔 035

生活之艺术 038

与友人论性道德书 041

我的复古的经验 045
日本的人情美 048
一年的长进 051
沉默 053
山中杂信 056
《冬天的蝇》 071
《醉馀随笔》 076
读禁书 080
情书写法 084
关于禽言 087
谈油炸鬼 092
儿时的回忆 098
畏天悯人 104
入厕读书 109
《隅田川两岸一览》 114
《岭南杂事诗抄》 120
关于日本语 126

模糊 130
《我是猫》 134
情理 138
常识 141
责任 143
谈酒 146
乌篷船 150
死之默想 153
死法 157
心中 161
关于三月十八日的死者 167
吃烈士 171
闲话四则 173
关于宽容 177
关于测字 182
关于送灶 189
雨的感想 196

医师礼赞 201
男人与女人 206
女人的文章 212
女人的禁忌 219
蚯蚓 226
萤火 234
立春以前 243

初　恋

那时我十四岁，她大约是十三岁罢。我跟着祖父的妾宋姨太太寄寓在杭州的花牌楼，间壁住着一家姚姓，她便是那家的女儿。她本姓杨，住在清波门头，大约因为行三，人家都称她作三姑娘。姚家老夫妇没有子女，便认她做干女儿，一个月里有二十多天住在他们家里。宋姨太太和远邻的羊肉店石家的媳妇虽然很说得来，与姚宅的老妇却感情很坏，彼此都不交口，但是三姑娘并不管这些事，仍旧推进门来游嬉。她大抵先到楼上去，同宋姨太太搭讪一回，随后走下楼来，站在我同仆人阮升公用的一张板桌旁边，抱着名叫"三花"的一只大猫，看我映写陆润庠的木刻的字帖。

我不曾和她谈过一句话，也不曾仔细的看过她的面貌与姿态。大约我在那时已经很是近视，但是还有一层缘故，虽然非意识的对于她很是感到亲近，一面却似乎为她的光辉所掩，开不起眼来去端详她了。在此刻回想起来，仿佛是一个尖面庞，乌眼睛，瘦小身材，而且有尖小的脚的少女，并没有什么殊胜的地方，但在我的性的生活里总是第一个人，使我于自己以外感到对于别人的爱着，引起我没有明瞭的性之概念的，对于异性的恋慕的第一个人了。

我在那时候当然是“丑小鸭”，自己也是知道的，但是终不以此而减灭我的热情。每逢她抱着猫来看我写字，我便不自觉的振作起来，用了平常所无的努力去映写，感着一种无所希求的迷朦的喜乐。并不问她是否爱我，或者也还不知道自己是爱着她，总之对于她的存在感到亲近喜悦，并且愿为她有所尽力，这是当时实在的心情，也是她所给我的赐物了。在她是怎样不能知道，自己的情绪大约只是淡淡的一种恋慕，始终没有想到男女关系的问题。有一天晚上，宋姨太太忽然又发表对于姚姓的憎恨，末了说道，

“阿三那小东西，也不是好货，将来总要流落到拱辰桥去做婊子的。”

我不很明白做婊子这些是什么事情，但当时听了心里想道，

“她如果真是流落做了，我必定去救她出来。”

大半年的光阴这样的消费过了。到了七八月里因为母亲生病，我便离开杭州回家去了。

一个月以后，阮升告假回去，顺便到我家里，说起花牌楼的事情，说道，“杨家的三姑娘患霍乱死了。”

我那时也很觉得不快，想象她的悲惨的死相，但同时却又似乎很是安静，仿佛心里有一块大石头已经放下了。

（十一年九月）

娱　园

有三处地方，在我都是可以怀念的，——因为恋爱的缘故。第一是《初恋》里说过了的杭州，其二是故乡城外的娱园。

娱园是“皋社”诗人秦秋渔的别业，但是连在住宅的后面，所以平常只称作花园。这个园据王眉叔的《娱园记》说，是“在水石庄，枕碧湖，带平林，广约顷许。曲构云缭，疏筑花幕。竹高出墙，树古当户。离离蔚蔚，号为胜区。”园筑于咸丰丁巳（一八五七年），我初到那里是在光绪甲午，已在四十年后，遍地都长了荒草，不能想见当时“秋夜联吟”的风趣了。园的左偏有一处名叫潭水山房，记中称他“方池湛然，帘户静镜，花水孕縠，笋石饾蓝”的便是。《娱园诗存》卷三中有诸人题词，樊樊山的《望江南》云，

“冰縠净，山里钓人居。花覆书床偎瘦鹤，波摇琴幌散文鱼：水竹夜窗虚。”

陶子缜的一首云，

“潋潭莹，明瑟敞幽房。茶火瓶笙山蛎洞，柳丝泉筑水凫床：古帧写秋光。”

这些文字的费解虽然不亚于公府所常发表的骈体电文，但因此总可约略想见他的幽雅了。我们所见只是废墟，但也觉得非常有趣，儿童的感觉原自要比大人新鲜，而且在故乡少有这样游乐之地，也是一个原因。

娱园主人是我的舅父的丈人，舅父晚年寓居秦氏的西厢，所以我们常有游娱园的机会。秦氏的西邻是沈姓，大约因为风水的关系，大门是偏向的，近地都称作“歪摆台门”。据说是明人沈青霞的嫡裔，但是也已很是衰颓，我们曾经去拜访他的主人，乃是一个二十岁左右的青年，跛着一足，在厅房里聚集了七八个学童，教他们读《千家诗》。娱园主人的儿子那时是秦氏的家主，却因吸烟终日高卧，我们到傍晚去找他，请他画家传的梅花，可惜他现在早已死去了。

忘记了是哪[①]一年，不过总是庚子以前的事罢。那时舅父的独子娶亲，（神安他们的魂魄，因为夫妇不久都去世了，）中表都聚在一处，凡男的十四人，女的七人。其中有一个人和我是同年同月生的，我称她为姊，她也称我为兄：我本是一只“丑小鸭”，没有一个人注意的，所以我隐密的怀抱着的对于她的情意，当然只是单面的，而且我知道她自小许给人家了，不容再有非分之想，但总感着固执的牵引，此刻想起来，倒似乎颇有中古诗人的馀风了。当时我们住在留鹤盦里，她们住在楼上。白天里她们不在房里的时候，我们几个较为年少的人便“乘虚内犯”走上楼去掠夺东西吃：有一次大家在楼上跳闹，我仿佛无意似的拿起她的一件雪青纺绸衫穿了跳舞起来，她的

① 原著为“那”字，本书对“那”和“哪”字做了区分。——编者注

一个兄弟也一同闹着，不曾看出什么破绽来，是我很得意的一件事。后来读木下杢太郎的《食后之歌》，看到一首《绛绢里》，不禁又引起我的感触。

到龛上去取笔去，
钻过晾着的冬衣底下，
触着了女衫的袖子。
说不出的心里的扰乱，
“呀”的缩头下来：
南无，神佛也未必见罪罢，
因为这已是故人的遗物了。

在南京的时代虽然在日记上写了许多感伤的话，（随后又都剪去，所以现在记不起他的内容了，）但是始终没有想及婚嫁的关系。在外边漂流了十二年之后，回到故乡，我们有了儿女，她也早已出嫁，而且抱着痼疾，已经与死当面立着了，以后相见了几回，我又复出门，她不久就平安过去。至今她只有一张早年的照相在母亲那里，因她后来自己说是母亲的义女，虽然没有正式的仪节。

自从舅父全家亡故之后，二十年没有再到娱园的机会，想比以前必更荒废了。但是他的影象总是隐约的留在我脑底，为我心中的火焰的馀光所映照着。

（十二年三月）

若子的病

《北京孔德学校旬刊》第二期于四月十一日出版，载有两篇儿童作品，其中之一是我的小女儿写的。

晚上的月亮

周若子

晚上的月亮，很大又很明。我的两个弟弟说："我们把月亮请下来，叫月亮抱我们到天上去玩。月亮给我们东西，我们很高兴。我们拿到家里给母亲吃，母亲也一定高兴。"

但是这张旬刊从邮局寄到的时候，若子已正在垂死状态了。她的母亲望着摊在席上的报纸又看昏沉的病人，再也没有什么话可说，只叫我好好地收藏起来，——做一个将来决不再寓目的纪念品。我读了这篇小文，不禁忽然想起六岁时死亡的四弟椿寿，他于得急性肺炎的前两三天，也是固执地向着佣妇追问天上的情形，我自己知道这都是迷信，却不能禁止我脊梁上不发生冰冷的奇感。

十一日的夜中，她就发起热来，继之以大吐，恰巧小儿用的摄氏体温表给小波波（我的兄弟的小孩）摔破了，土步君正出着第二次种的牛痘，把华氏的一具拿去应用，我们房里没有体温表了，所以不能测量热度，到了黎明从间壁房中拿表来一量，乃是四十度三分！八时左右起了痉挛，妻抱住了她，只喊说："阿玉惊了，阿玉惊了！"弟妇（即是妻的三妹）走到外边叫内弟起来，说"阿玉死了！"他惊起不觉坠落床下。这时候医生已到来了，诊察的结果说疑是"流行性脑脊髓膜炎"，虽然征候还未全具，总之是脑的故障，危险很大。十二时又复痉挛，这回脑的方面倒还在其次了，心脏中了霉菌的毒非常衰弱，以致血行不良，皮肤现出黑色，在臂上捺一下，凹下白色的痕好久还不回复。这一日里，院长山本博士，助手蒲君，看护妇永井君白君，前后都到，山本先生自来四次，永井君留住我家，帮助看病。第一天在混乱中过去了，次日病人虽不见变坏，可是一昼夜以来每两小时一回的樟脑注射毫不见效，心脏还是衰弱，虽然热度已减至三八至九度之间。这天下午因为病人想吃可可糖，我赶往哈达门去买，路上时时为不祥的幻想所侵袭，直到回家看见毫无动静这才略略放心。第三天是火曜日，勉强往学校去，下午三点半正要上课，听说家里有电话来叫，赶紧又告假回来，幸而这回只是梦呓，并未发生什么变化。夜中十二时山本先生诊后，始宣言性命可以无虑。十二日以来，经了两次的食盐注射，三十次以上的樟脑注射，身上拥着大小七个的冰囊，在七十二小时之末总算已离开了死之国土，还真是万幸的事了。

山本先生后来告诉川岛[①]君说，那日曜日他以为一定不行的了。大约是第二天，永井君也走到弟妇的房里躲着下泪，她也觉得这小朋友怕要为了什么而辞去这个家庭了。但是这病人竟从万死中逃得一生，不知是哪里来的力量。医呢，药呢，她自己或别的不可知之力呢？但我知道，如没有医药及大家的救护，她总是早已不存了。我若是一种宗派的信徒，我的感谢便有所归，而且当初的惊怖或者也可减少，但是我不能如此，我对于未知之力有时或感着惊异，却还没有致感谢的那么深密的接触。我现在所想致感谢者在人而不在自然，我很感谢山本先生与永井君的热心的帮助，虽然我也还不曾忘记四年前给我医治肋膜炎的劳苦。川岛斐君二君每日殷勤的访问，也是应该致谢的。

整整地睡了一星期，脑部已经渐好，可以移动，遂于十九日午前搬往医院，她的母亲和“姊姊”陪伴着，因为心脏尚须治疗，住在院里较为便利，省得医生早晚两次赶来诊察。现在温度复原，脉搏亦渐恢复，她卧在我曾经住过两个月的病室的床上，只靠着一个冰枕，胸前放着一个小冰囊，伸出两只手

① 川岛，即章廷谦（1901—1981），字矛尘，“川岛”是他的笔名。浙江上虞人。1919年由山西大学转入北京大学哲学系。1921年开始与周作人、鲁迅交往。时借居在八道湾周家住宅里。《语丝》周刊创办时，他是发起人和长期撰稿人之一。

来，在那里唱歌。妻同我商量，若子的兄姊十岁的时候，都花过十来块钱，分给用人并吃点东西当作纪念，去年因为筹不出这笔款，所以没有这样办，这回病好之后，须得设法来补做并以祝贺病愈。她听懂了这会话的意思，便反对说，“这样办不好。倘若今年做了十岁，那么明年岂不还是十一岁么！”我们听了不禁破颜一笑。唉，这个小小的情景，我们在一星期前哪里敢梦想到呢？

紧张透了的心一时殊不容易松放开来。今日已是若子病后的第十一日，下午因为稍觉头痛告假在家，在院子里散步，这才见到白的紫的丁香都已盛开，山桃烂熳得开始憔悴了，东边路旁爱罗先珂君回俄国前手植作为纪念的一株杏花已经零落净尽，只剩有好些绿蒂隐藏嫩叶的底下。春天过去了，在我们徬徨惊恐的几天里，北京这好象[1]敷衍人似地短促的春光早已偷偷地走过去了。这或者未免可惜，我们今年竟没有好好地看一番桃杏花。但是花明年会开的，春天明年也会再来的，不妨等明年再看；我们今年幸而能够留住了别个一去将不复来的春光，我们也就够满足了。

今天我自己居然能够写出这篇东西来，可见我的凌乱的头脑也略略静定了，这也是一件高兴的事。

十四年四月二十二日雨夜。

---

① 现用“好像”，后同。——编者注

若子的死

若子字霓荪，生于中华民国四年十月二十三日午后十时，以民国十八年十一月二十日午前二时死亡，年十五岁。

十六日若子自学校归，晚呕吐腹痛，自知是盲肠，而医生误诊为胃病，次日复诊始认为盲肠炎，十八日送往德国医院割治，已并发腹膜炎，遂以不起。用手术后痛苦少已，而热度不减，十九日午后益觉烦躁，至晚忽啼曰“我要死了”，继以昏呓，注射樟脑油，旋清醒如常，迭呼兄姊弟妹名，悉为招来，惟兄丰一留学东京不得相见，其友人亦有至者，若子一一招呼，惟痛恨医生不置，常以两腕力抱母颈低语曰，“嗨妈，我不要死。”然而终于死了。吁！可伤已。

若子遗体于二十六日移放西直门外广通寺内，拟于明春在西郊购地安葬。

我自己是早已过了不惑的人，我的妻是世奉禅宗之教者，也当可减少甚深的迷妄，但是睹物思人，人情所难免，况临终时神志清明，一切言动，历在心头，偶一念及，如触肿疡，有时深觉不可思议，如此景情，不堪回首，诚不知当时之何以能担负过去也。如今才过七日，想执笔记若子的死之前后，乃属不可能的事，或者竟是永久不可能的事亦未可知。我以前曾写《若子的病》，今日乃不得不来写《若子的死》，而这又总写不出，此篇其终有目无文乎，只记若子生卒年月以为纪念云尔。十一月二十六日送殡回来之夜，岂明附记。

《雨天的书》初版中所载照相系五年前物，今撤去，改用若子今年所留遗影，此系八月十七日在北平所照，盖死前三个月也。又记。

苦　　雨

伏园[1]兄：

北京近日多雨，你在长安道上不知也遇到否，想必能增你旅行的许多佳趣。雨中旅行不一定是很愉快的，我以前在杭沪车上时常遇雨，每感困难，所以我于火车的雨不能感到什么兴味，但卧在乌篷船里，静听打篷的雨声，加上欸乃的橹声以及“靠塘来，靠下去”的呼声，却是一种梦似的诗境。倘若更大胆一点，仰卧在脚划小船内，冒雨夜行，更显出水乡住民的风趣，虽然较为危险，一不小心，拙劣地转一个身，便要使船底朝天。二十多年前往东浦吊先父的保姆之丧，归途遇暴风雨，一叶扁舟在白鹅似的波浪中间滚过大树港，危险极也愉快极了。我大约还有好些“为鱼”时候——至少也是断发文身时候的脾气，对于水颇感到亲近，不过北京的泥塘似的许多“海”实在不很满意，这样的水没有也并不怎么可惜。你往“陕半

① 伏园，即孙伏园（1894—1966），名福源，又名伏园，字养泉，笔名柏生。浙江绍兴人，周作人在浙江省立第1中学任教时的学生，也是鲁迅任山会初级师范学堂监督时的学生。

天”去似乎要走好两天的准沙漠路，在那时候倘若遇见风雨，大约是很舒服的，遥想你胡坐骡车中，在大漠之上，大雨之下，喝着四打之内的汽水，悠然进行，可以算是“不亦快哉”之一。但这只是我的空想，如诗人的理想一样地靠不住，或者你在骡车中遇雨，很感困难，正在叫苦连天也未可知，这须等你回京后问你再说了。

我住在北京，遇见这几天的雨，却叫我十分难过。北京向来少雨，所以不但雨具不很完全，便是家屋构造，于防雨亦欠周密。除了真正富翁以外，很少用实垛砖墙，大抵只用泥墙抹灰敷衍了事。近来天气转变，南方酷寒而北方淫雨，因此两方面的建筑上都露出缺陷。一星期前的雨把后园的西墙淋坍，第二天就有“梁上君子”来摸索北房的铁丝窗，从次日起赶紧邀了七八位匠人，费两天工夫，从头改筑，已经成功十分八九，总算可以高枕而卧，前夜的雨却又将门口的南墙冲倒二三丈之谱。这回受惊的可不是我了，乃是川岛君“佢们”俩，因为“梁上君子”如再见光顾，一定是去躲在“佢们”的窗下窃听的了。为消除“佢们”的不安起见，一等天气晴正，急须大举地修筑，希望日子不至于很久，这几天只好暂时拜托川岛君的老弟费神代为警护罢了。

前天十足下了一夜的雨，使我夜里不知醒了几遍。北京除了偶然有人高兴放几个爆仗以外，夜里总还安静，那样哗喇哗喇的雨声在我的耳朵已经不很听惯，所以时常被他惊醒，就是睡着也仿佛觉得耳边粘着面条似的东西，睡的很不痛快。还有一层，前天晚间据小孩们报告，前面院子里的积水已经离台阶不及一寸，夜里听着雨声，心里胡里胡涂地总是想水已上了台阶，浸入西边的书房里了。好容易到了早上五点钟，赤脚撑伞，跑到西屋一看，果然不出所料，水浸满了全屋，约有一寸深浅，这才叹了一口气，觉得放心了；倘若这样兴高采烈地跑去，一看却没有水，恐怕那时反觉得失望，没有现在那样的满足也说不定。幸而书籍都没有湿，虽然是没有什么价值的东西，但是湿成一饼一饼的纸糕，也很是不愉快。现今水虽已退，还留下一种涨过大水后的普通的臭味，固然不能留客坐谈，就是自己也不能在那里写字，所以这封信是在里边炕桌上写的。

这回的大雨，只有两种人最是喜欢。第一是小孩们。他们喜欢水，却极不容易得到，现在看见院子里成了河，便成群结队地去“淌河”去。赤了足伸到水里去，实在很有点冷，但是他们不怕，下到水里还不肯上来。大人见小孩们玩的有趣，也一个两个地加入，但是成绩却不甚佳，那一天里滑倒了三个人，其中两个都是大人，——其一为我的兄弟[①]，其一是川岛君。第二种喜欢下雨的则为蛤蟆。从前同小孩们往高亮桥去钓鱼钓不着，只捉了好些蛤蟆，有绿的，有花条的，拿回来都放在院子里，平常偶叫几声，在这几天里便整日叫唤，或者是荒

① 我的兄弟，即周建人（1889—1984），原名松寿，改名建人。字乔峰，生物学家，著有《进化与退化》《科学杂谈》《鲁迅故家的败落》等书。

年之兆，却极有田村的风味。有许多耳朵皮嫩的人，很恶喧嚣，如麻雀蛤蟆或蝉的叫声，凡足以妨碍他们的甜睡者，无一不痛恶而深绝之，大有欲灭此而午睡之意。我觉得大可以不必如此，随便听听都是很有趣味的，不但是这些久成诗料的东西，一切鸣声其实都可以听。蛤蟆在水田里群叫，深夜静听，往往变成一种金属音，很是特别，又有时仿佛是狗叫，古人常称蛙蛤为吠，大约也是从实验而来。我们院子里的蛤蟆现在只见花条的一种，他的叫声更不漂亮，只是格格格这个叫法，可以说是革音，平常自一声至三声，不会更多，惟在下雨的早晨，听他一口气叫上十二三声，可见他是实在喜欢极了。

这一场大雨恐怕在乡下的穷朋友是很大的一个不幸，但是我不曾亲见，单靠想象是不中用的，所以我不去虚伪地代为悲叹了。倘若有人说这所记的只是个人的事情，于人生无益，我也承认，我本来只想说个人的私事，此外别无意思。今天太阳已经出来，傍晚可以出外去游嬉，这封信也就不再写下去了。

我本等着看你的秦游记，现在却由我先写给你看，这也可以算是“意表之外”的事罢。

十三年七月十七日在京城书。

鸟　声

古人有言，“以鸟鸣春”。现在已过了春分，正是鸟声的时节了，但我觉得不大能够听到，虽然京城的西北隅已经近于乡村。这所谓鸟当然是指那飞鸣自在的东西，不必说鸡鸣咿咿鸭鸣呷呷的家奴，便是熟番似的鸽子之类也算不得数，因为他们都是忘记了四时八节的了。我所听见的鸟鸣只有檐头麻雀的啾啁，以及槐树上每天早来的啄木的干笑——这似乎都不能报春，麻雀的太琐碎了，而啄木又不免多一点干枯的气味。

英国诗人那许（Nash）有一首诗，被录在所谓《名诗选》（*Golden Treasury*）的卷首。他说，春天来了，百花开放，姑娘们跳舞着，天气温和，好鸟都歌唱起来，他列举四样鸟声：

Cuckco，jug-jug，pee-wee，to-witta-woo！

这九行的诗实在有趣，我却总不敢译，因为怕一则译不好，二则要译错。现在只抄出一行来，看那四样是什么鸟。第一种是勃姑，书名鸤鸠，他是自呼其名的，可以无疑了。第二种是夜莺，就是那林间的“发痴的鸟”，古希腊女诗人称之曰“春之使者，美音的夜莺”，他的名贵可想而知，只是我不知道他到底是什么东西。我们乡间的黄莺也会“翻叫”，被捕后常因想念妻子而急死，与他西方的表兄弟相同，但他要吃小鸟，而且又不发痴地唱上一夜以至于呕血。第四种虽似异怪乃是猫头鹰。第三种则不大明了，有人说是蚊母鸟，或云是田凫，但据斯密士的《鸟的生活与故事》第一章所说系小猫头鹰。倘若是真的，那么四种好鸟之中猫头鹰一家已占其二了。斯密士说这二者都是褐色猫头鹰，与别的怪声怪相的不同，他的书中虽有图像，我也认不得这是鸱是鸮还是流离之子，不过总是猫头鹰之类罢了。儿时曾听见他们的呼声，有的声如货郎的摇鼓，有的恍若连呼“掘洼”（dzhuehuoang），俗云不祥主有死丧。所以闻者多极懊恼，大约此风古已有之，查检观颒道人的《小演雅》，所录古今禽言中不见有猫头鹰的话。然而仔细回想，觉得那些叫声实在并不错，比任何风声箫声鸟声更为有趣，如诗人谢勒（Shelley）所说。

现在，就北京来说，这几样鸣声都没有，所有的还只是麻雀和啄木鸟。老鸹，乡间称云乌老鸦，在北京是每天可以听到的，但是一点风雅气也没有，而且是通年噪聒，不知道他是哪一季的鸟。麻雀和啄木鸟虽然唱不出好的歌来，在那琐碎和干枯之中到底还含一些春气；唉唉，听那不讨人欢喜的乌老鸦叫也已够了，且让我们欢迎这些鸣春的小鸟，倾听他们的谈笑罢。

“啾啭，啾啭！”

“嘎嘎！”

（十四年四月）

唁　辞

昨日傍晚，妻得到孔德学校的陶先生的电话，只是一句话，说："齐可死了——。"齐可是那边的十年级学生，听说因患胆石症（？）往协和医院乞治，后来因为待遇不亲切，改进德国医院，于昨日施行手术，遂不复醒。她既是校中的高年级生，又天性豪爽而亲切，我家的三个小孩初上学校，都很受她的照管，好象是大姊一样，这回突然死别，孩子们虽然惊骇，却还不能了解失却他们老朋友的悲哀，但是妻因为时常往学校也和她很熟，昨日闻信后为茫然久之，一夜都睡不着觉，这实在是无怪的。

死总是很可悲的事，特别是青年男女的死，虽然死的悲痛不属于死者而在于生人。照常识看来，死是还了自然的债，与生产同样地严肃而平凡，我们对于死者所应表示的是一种敬意，犹如我们对于走到标竿下的竞走者，无论他是第一着或是中途跌过几交而最终走到。在中国现在这样的状况之下，"死之赞美者"（Peisithanatos）的话未必全无意义，那么"年华虽短而忧患亦少"也可以说是好事，即使尚未能及未见日光者的幸福。然而在死者纵使真是安乐，在生人总是悲痛。我们哀悼死者，并不一定是在体察他灭亡之苦痛与悲哀，实在多是引动追怀，痛切地发生今昔存殁之感。无论怎样地相信神灭，或是厌世，这种感伤恐终不易摆脱。日本诗人小林一茶在《俺的春天》里记他的女儿聪女之死，有这几句，

> ……她遂于六月二十一日与蕣华同谢此世。母亲抱着死儿的脸荷荷的大哭，这也是难怪的了。
>
> 到了此刻，虽然明知逝水不归，落花不再返枝，但无论怎样达观，终于难以断念的，正是这恩爱的羁绊。[诗曰，]
>
> 露水的世呀，
> 虽然是露水的世，
> 虽然是如此。

虽然是露水的世，然而自有露水的世的回忆，所以仍多哀感。美忒林克在《青鸟》上有一句平庸的警句曰“死者生存在活人的记忆上。”齐女士在世十九年，在家庭学校，亲族友朋之间，当然留下许多不可磨灭的印象，随在足以引起悲哀，我们体念这些人的心情，实在不胜同情，虽然别无劝慰的话可说。死本是无善恶的，但是他加害于生人者却非浅鲜，也就不能不说他是恶的了。

我不知道人有没有灵魂，而且恐怕以后也永不会知道，但我对于希冀死后生活之心情觉得很能了解。人在死后倘尚有灵魂的存在如生前一般，虽然推想起来也不免有些困难不易解决，但因此不特可以消除灭亡之恐怖，即所谓恩爱的羁绊也可得到适当的安慰。人有什么不能满足的愿望，辄无意地投影于仪式或神话之上，正如表示在梦中一样。

传说上李夫人杨贵妃的故事，民俗上童男女死后被召为天帝侍者的信仰，都是无聊之极思，却也是真的人情之美的表现；我们知道这是迷信，我确信这样虚幻的迷信里也自有美与善的分子存在。这于死者的家人亲友是怎样好的一种慰藉，倘若他们相信——只要能够相信，百岁之后，或者乃至梦中夜里，仍得与已死的亲爱者相聚，相见！然而，可惜我们不相应地受到了科学的灌洗，既失却先人可祝福的愚蒙，又没有养成画廊派哲人（Stoics）的超绝的坚忍，其结果是恰如牙根里露出的神经，因了冷风热气随时益增其痛楚。对于幻灭的现代人之遭逢不幸，我们于此更不得不特别表示同情之意。

我们小女儿若子生病的时候，齐女士很惦念她；现在若子已经好起来，还没有到学校去和老朋友一见面，她自己却已不见了。日后若子回忆起来时，也当永远是一件遗恨的事罢。

十四年五月二十六日夜。

故乡的野菜

我的故乡不止一个，凡我住过的地方都是故乡。故乡对于我并没有什么特别的情分，只因钓于斯游于斯的关系，朝夕会面，遂成相识，正如乡村里的邻舍一样，虽然不是亲属，别后有时也要想念到他。我在浙东住过十几年，南京东京都住过六年，这都是我的故乡；现在住在北京，于是北京就成了我的家乡了。

日前我的妻往西单市场买菜回来，说起有荠菜在那里卖着，我便想起浙东的事来。荠菜是浙东人春天常吃的野菜，乡间不必说，就是城里只要有后园的人家都可以随时采食，妇女小儿各拿一把剪刀一只“苗篮”，蹲在地上搜寻，是一种有趣味的游戏的工作。那时小孩们唱道，“荠菜马兰头，姊姊嫁在后门头。”后来马兰头有乡人拿来进城售卖了，但荠菜还是一种野菜，须得自家去采。关于荠菜向来颇有风雅的传说，不过这似乎以吴地为主。《西湖游览志》云，“三月三日男女皆戴荠菜花。谚云，三春戴荠花，桃李羞繁华。”顾禄的《清嘉录》上亦说，“荠菜花俗呼野菜花，因谚有三月三蚂蚁上灶山之语，三日人家皆以野菜花置灶陉上，以厌虫蚁。侵晨村童叫卖不绝。或妇女簪髻上以祈清目，俗号眼亮花。”但浙东却不很理会这些事情，只是挑来做菜或炒年糕吃罢了。

黄花麦果通称鼠曲草，系菊科植物，叶小微圆互生，表面有白毛，花黄色，簇生梢头。春天采嫩叶，捣烂去汁，和粉作糕，称黄花麦果糕。小孩们有歌赞美之云，

黄花麦果韧结结，
关得大门自要吃：
半块拿弗出，一块自要吃。

清明前后扫墓时，有些人家——大约是保存古风的人家——用黄花麦果作供，但不作饼状，做成小颗如指顶大，或细条如小指，以五六个作一攒，名曰茧果，不知是什么意思，或因蚕上山时设祭，也用这种食品，故有是称，亦未可知。自从十二三岁时外出不参与外祖家扫墓以后，不复见过茧果，近来住在北京，也不再见黄花麦果的影子了。日本称作“御形”，与荠菜同为春天的七草之一，也采来做点心用，状如艾饺，名曰“草饼”，春分前后多食之，在北京也有，但是吃去总是日本风味，不复是儿时的黄花麦果糕了。

扫墓时候所常吃的还有一种野菜，俗名草紫，通称紫云英。农人在收获后，播种田内，用作肥料，是一种很被贱视的植物，但采取嫩茎瀹食，味颇鲜美，似豌豆苗。花紫红色，数

十亩接连不断，一片锦绣，如铺着华美的地毯，非常好看，而且花朵状若蝴蝶，又如鸡雏，尤为小孩所喜，间有白色的花，相传可以治痢，很是珍重，但不易得。日本《俳句大辞典》云，“此草与蒲公英同是习见的东西，从幼年时代便已熟识，在女人里边，不曾采过紫云英的人，恐未必有罢。”中国古来没有花环，但紫云英的花球却是小孩常玩的东西，这一层我还替那些小人们欣幸的。浙东扫墓用鼓吹，所以少年常随了乐音去看“上坟船里的姣姣”；没有钱的人家虽没有鼓吹，但是船头上篷窗下总露出些紫云英和杜鹃的花束，这也就是上坟船的确实的证据了。

（十三年二月）

北京的茶食

在东安市场的旧书摊上买到一本日本文章家五十岚力的《我的书翰》，中间说起东京的茶食店的点心都不好吃了，只有几家如上野山下的空也，还做得好点心，吃起来馅和糖及果实浑然融合，在舌头上分不出各自的味来。想起德川时代江户的二百五十年的繁华，当然有这一种享乐的流风馀韵留传到今日，虽然比起京都来自然有点不及。北京建都已有五百馀年之久，论理于衣食住方面应有多少精微的造就，但实际似乎并不如此，即以茶食而论，就不曾知道什么特殊的有滋味的东西。固然我们对于北京情形不甚熟悉，只是随便撞进一家饽饽铺里去买一点来吃，但是就撞过的经验来说，总没有很好吃的点心买到过。难道北京竟是没有好的茶食，还是有而我们不知道呢？这也未必全是为贪口腹之欲，总觉得住在古老的京城里吃不到包含历史的精炼的或颓废的点心是一个很大的缺陷。北京的朋友们，能够告诉我两三家做得上好点心的饽饽铺么？

我对于二十世纪的中国货色，有点不大喜欢，粗恶的模仿品，美其名曰国货，要卖得比外国货更贵些。新房子里卖的东西，便不免都有点怀疑，虽然这样说好象遗老的口吻，但总之关于风流享乐的事我是颇迷信传统的。我在西四牌楼以南走过，望着异馥斋的丈许高的独木招牌，不禁神往，因为这不但表示他是义和团以前的老店，那模糊阴暗的字迹又引起我一种焚香静坐的安闲而丰腴的生活的幻想。我不曾焚过什么香，却对于这件事很有趣味，然而终于不敢进香店去，因为怕他们在香合上已放着花露水与日光皂了。我们于日用必需的东西以外，必须还有一点无用的游戏与享乐，生活才觉得有意思。我们看夕阳，看秋河，看花，听雨，闻香，喝不求解渴的酒，吃不求饱的点心，都是生活上必要的——虽然是无用的装点，而且是愈精炼愈好。可怜现在的中国生活，却是极端地干燥粗鄙，别的不说，我在北京徬徨了十年，终未曾吃到好点心。

（十三年二月）

喝　茶

前回徐志摩先生在平民中学讲“吃茶”，——并不是胡适之先生所说的“吃讲茶”，——我没有工夫去听，又可惜没有见到他精心结构的讲稿，但我推想他是在讲日本的“茶道”，（英文译作Teaism，）而且一定说的很好。茶道的意思，用平凡的话来说，可以称作“忙里偷闲，苦中作乐”，在不完全的现世享乐一点美与和谐，在刹那间体会永久，是日本之“象征的文化”里的一种代表艺术。关于这一件事，徐先生一定已有透彻巧妙的解说，不必再来多嘴，我现在所想说的，只是我个人的很平常的喝茶罢了。

喝茶以绿茶为正宗，红茶已经没有什么意味，何况又加糖——与牛奶？葛辛（George Gissing）的《草堂随笔》（*Private Papers of Henry Ryecroft*）确是很有趣味的书，但冬之卷里说及饮茶，以为英国家庭里下午的红茶与黄油面包是一日中最大的乐事，支那饮茶已历千百年，未必能领略此种乐趣与实益的万分之一，则我殊不以为然，红茶带“土斯”未始不可吃，但这只是当饭，在肚饥时食之而已；我的所谓喝茶，却是在喝清茶，在赏鉴其色与香与味，意未必在止渴，自然更不在果腹了。中国古昔曾吃过煎茶及抹茶，现在所用的都是泡茶，冈仓觉三在《茶之书》（*Book of Tea*，1919）里很巧妙的称之曰“自然主义的茶”，所以我们所重的即在这自然之妙味。中国人上茶馆去，左一碗右一碗的喝了半天，好象是刚从沙漠里回来的样子，颇合于我的喝茶的意思，（听说闽粤有所谓吃工夫茶者自然也有道理，）只可惜近来太是洋场化，失了本意，其结果成为饭馆子之流，只在乡村间还保存一点古风，惟是屋宇器具简陋万分，或者但可称为颇有喝茶之意，而未可许为已得喝茶之道也。

喝茶当于瓦屋纸窗之下，清泉绿茶，用素雅的陶瓷茶具，同二三人共饮，得半日之闲，可抵十年的尘梦。喝茶之后，再去继续修各人的胜业，无论为名为利，都无不可，但偶然的片刻优游乃正亦断不可少，中国喝茶时多吃瓜子，我觉得不很适宜；喝茶时所吃的东西应当是清淡的“茶食”。中国的茶食却变了“满汉饽饽”，其性质与“阿阿兜”相差无几；不是喝茶时所吃的东西了。日本的点心虽是豆米的成品，但那优雅的形色，朴素的味道，很合于茶食的资格，如各色的“羊羹”（据上田恭辅氏考据，说是出于中国唐时的羊肝饼，）尤有特殊的风味。江南茶馆中有一种“干丝”，用豆腐干切成细丝，加姜丝酱油，重汤燉热，上浇麻油，出以供客，其利益为“堂倌”所独有。豆腐干中本有一种“茶干”，今变而为丝，亦颇与茶相宜。在南京时常食此品，据云有某寺方丈所制为最，虽也曾尝试，却已忘记，所记得者乃只是下关的江天阁而已。学生们的习惯，平常“干丝”既出，大抵不即食，等到麻油再加，开水重换之后，始行举箸，最为合式，因为一到即罄，次碗继至，不遑应酬，否则麻油三浇，旋即撤去，怒形于色，未免使客不欢而散，茶意都消了。

吾乡昌安门外有一处地方，名三脚桥，（实在并无三脚，乃是三出，因以一桥而跨三汊的河上也，）其地有豆腐店曰周德和者，制茶干最有名。寻常的豆腐干方约寸半，厚三分，值钱二文，周德和的价值相同，小而且薄，几及一半，黝黑坚实，如紫檀片。我家距三脚桥有步行两小时的路程，故殊不易得，但能吃到油炸者而已。每天有人挑担设炉镬，沿街叫卖，其词曰，

辣酱辣，
麻油炸，
红酱搽，辣酱拓：
周德和格五香油炸豆腐干。

其制法如上所述，以竹丝插其末端，每枚值三文。豆腐干大小如周德和，而甚柔软，大约系常品，惟经过这样烹调，虽然不是茶食之一，却也不失为一种好豆食。——豆腐的确也是极东的佳妙的食品，可以有种种的变化，惟在西洋不会被领解，正如茶一般。

日本用茶淘饭，名曰“茶渍”，以腌菜及“泽庵”（即福建的黄土萝卜，日本泽庵法师始传此法，盖从中国传去，）等为佐，很有清淡而甘香的风味。中国人未尝不这样吃，惟其原因，非由穷困即为节省，殆少有故意往清茶淡饭中寻其固有之味者，此所以为可惜也。

（十三年十二月）

苍　蝇

苍蝇不是一件很可爱的东西，但我们在做小孩子的时候都有点喜欢他。我同兄弟常在夏天乘大人们午睡，在院子里弃着香瓜皮瓤的地方捉苍蝇，——苍蝇共有三种，饭苍蝇太小，麻苍蝇有蛆太脏，只有金苍蝇可用。金苍蝇即青蝇，小儿谜中所谓“头戴红缨帽，身穿紫罗袍”者是也。我们把他捉来，摘一片月季花的叶，用月季的刺钉在背上，便见绿叶在桌上蠕蠕而动，东安市场有卖纸制各色小虫者，标题云“苍蝇玩物”，即是同一的用意。我们又把他的背竖穿在细竹丝上，取灯心草一小段放在脚的中间，他便上下颠倒的舞弄，名曰“戏棍”；又或用白纸条缠在肠上纵使飞去，但见空中一片片的白纸乱飞，很是好看。倘若捉到一个年富力强的苍蝇，用快剪将头切下，他的身子便仍旧飞去。希腊路吉亚诺思（Lukianos）的《苍蝇颂》中说，“苍蝇在被切去了头之后，也能生活好些时光，”大约二千年前的小孩已经是这样的玩耍的了。

我们现在受了科学的洗礼，知道苍蝇能够传染病菌，因此对于他们很有一种恶感。三年前卧病在医院时曾作有一首诗，

后半云，

大小一切的苍蝇们，
美和生命的破坏者，
中国人的好朋友的苍蝇们呵，
我诅咒你的全灭，
用了人力以外的，
最黑最黑的魔术的力。

但是实际上最可恶的还是他的别一种坏癖气，便是喜欢在人家的颜面手脚上乱爬乱舔，古人虽美其名曰“吸美”，在被吸者却是极不愉快的事。希腊有一篇传说，说明这个缘起，颇有趣味。据说苍蝇本来是一个处女，名叫默亚（Muia），很是美丽，不过太喜欢说话。她也爱那月神的情人恩迭米盎（Endymion），当他睡着的时候，她总还是和他讲话或唱歌，使他不能安息，因此月神发怒，把她变成苍蝇。以后她还是记念着恩迭米盎，不肯叫人家安睡，尤其是喜欢搅扰年青的人。

苍蝇的固执与大胆，引起好些人的赞叹。诃美洛思（Homeros）在史诗中常比勇士于苍蝇，他说，虽然你赶他去，他总不肯离开你，一定要叮你一口方才罢休。又有诗人云，那小苍蝇极勇敢地跳在人的肢体上，渴欲饮血，战士却躲避敌人的刀锋，真可羞了。我们侥幸不大遇见渴血的勇士，但勇敢地攻上来舐我们的头的却常常遇到，法勃尔（Fabre）的《昆虫记》里说有一种蝇，乘土蜂负虫入穴之时，下卵于虫内，后来蝇卵先出，把死虫和蜂卵一并吃下去。他说这种蝇的行为好象是一个红巾黑衣的暴客在林中袭击旅人，但是他的慓悍敏捷的确也可佩服，倘使希腊人知道，或者可以拿去形容阿迭修思（Odysseus）一流的狡狯英雄罢。

中国古来对于苍蝇似乎没有什么反感。《诗经》里说，“营营青蝇，止于樊。岂弟君子，无信谗言。”又云，“非鸡则鸣，苍蝇之声。”据陆农师说，青蝇善乱色，苍蝇善乱声，所以是这样说法。传说里的苍蝇，即使不是特殊良善，总之决不比别的昆虫更为卑恶。在日本的俳谐中则蝇成为普通的诗料，虽然略带湫秽的气色，但很能表现出温暖热闹的境界。小林一茶更为奇特，他同圣芳济一样，以一切生物为弟兄朋友，苍蝇当然也是其一。检阅他的俳句选集，咏蝇的诗有二十首之多，今举两首以见一斑。一云，

笠上的苍蝇，比我更早地飞进去了。

这诗有题曰《归庵》。又一诗云，

不要打哪，苍蝇搓他的手，搓他的脚呢。

我读这一句，常常想起自己的诗觉得惭愧，不过我的心情总不能达到那一步，所以也是无法。《埤雅》云，“蝇好交其

前足，有绞绳之象，……亦好交其后足，”这个描写正可作前句的注解。又绍兴小儿谜语歌云，“象[1]乌豇豆格乌，象乌豇豆格粗，堂前当中央，坐得拉胡须，”也是指这个现象。（格犹云“的”，坐得即“坐着”之意。）

据路吉亚诺思说，古代有一个女诗人，慧而美，名叫默亚，又有一个名妓也以此为名，所以滑稽诗人有句云，“默亚咬他直达他的心房。”中国人虽然永久与苍蝇同桌吃饭，却没有人拿苍蝇作为名字，以我所知只有一二人被用为诨名而已。

（十三年七月）

---

① 现用“像”，后同。——编者注

十字街头的塔

厨川白村著有两本论文集，一本名《出了象牙之塔》，又有一本名为《往十字街头》，表示他要离了纯粹的艺术而去管社会事情的态度。我现在模仿他说，我是在十字街头的塔里。

我从小就是十字街头的人。我的故里是华东的西朋坊口，十字街的拐角有四家店铺，一个麻花摊，一爿矮癞翳所开的泰山堂药店，一家德兴酒店，一间水果店，我们都称这店主人为华陀，因为他的水果奇贵有如仙丹。以后我从这条街搬到那条街，吸尽了街头的空气，所差者只没有在相公殿里宿过夜，因此我虽不能称为道地的“街之子”，但总是与街有缘，并不是非戴上耳朵套不能出门的人物，我之所以喜欢多事，缺少绅士态度，大抵即由于此，从前祖父也骂我这是下贱之相。话虽如此，我自认是引车卖浆之徒，却是要乱想的一种，有时想掇个凳子坐了默想一会，不能象那些“看看灯的”人们长站在路旁，所以我的卜居不得不在十字街头的塔里了。

说起塔来，我第一想到的是故乡的怪山上的应天塔。据说琅琊郡的东武山，一夕飞来，百姓怪之，故曰怪山，后来怕他又要飞去，便在上边造了一座塔。开了前楼窗一望，东南角的一幢塔影最先映到眼里来，中元前后塔上满点着老太婆们好意捐助去照地狱的灯笼，夜里望去更是好看。可惜在宣统年间塔竟因此失了火，烧得只剩了一个空壳，不能再容老太婆上去点灯笼了。十年前我曾同一个朋友去到塔下徘徊过一番，拾了一块断砖，砖端有阳文楷书六字曰“护国禅师月江”，——终于也没有查出这位和尚是什么人。

但是我所说的塔，并不是那“窣堵波”，或是“救人一命胜造七级浮图”的那件东西，实在是象望台角楼之类，在西国称作——用了大众欢迎的习见的音义译写出来——“塔围”的便是；非是异端的，乃是帝国主义的塔。浮图里静坐默想本颇适宜，现在又什么都正在佛化，住在塔里也很时髦，不过我的默想一半却是口实，我实是想在喧闹中得安全地，有如前门的珠宝店之预备着铁门，虽然廊房头条的大楼别有禳灾的象征物。我在十字街头久混，到底还没有入他们的帮，挤在市民中间，有点不舒服，也有点危险，（怕被他们挤坏我的眼镜，）所以最好还是坐在角楼上，喝过两斤黄酒，望着马路吆喝几声，以出心中闷声，不高兴时便关上楼窗，临写自己的《九成宫》，多么自由而且写意。写到这里忽然想起欧洲中古的民间传说，木板画上表出哈多主教逃避怨鬼所化的鼠妖，躲在荒岛上好象大烟通似的砖塔内，露出头戴僧冠的上半身在那里着急，一大队老鼠都渡水过来，有几只大老鼠已经爬上塔顶去了，——后来这位主教据说终于被老鼠们吃下肚去。你看，可怕不可怕？这样说来，似乎那种角楼又不很可靠了。但老鼠可进，人则不可进，反正我不去结怨于老鼠，也就没有什么要紧。我再想到前门外铁栅门之安全，觉得我这塔也可以对付，倘若照雍涛先生的格言亭那样建造，自然更是牢固了。

别人离了象牙的塔走往十字街头，我却在十字街头造起塔来住，未免似乎取巧罢？我本不是任何艺术家，没有象牙或牛角的塔，自然是站在街头的了，然而又有点怕累，怕挤，于是只好住在临街的塔里，这是自然不过的事。只是在现今中国这种态度最不上算，大众看见塔，便说这是智识阶级，（就有罪，）绅士商贾见塔在路边，便说这是党人，（应取缔。）不过这也没有什么妨害，还是如水竹村人所说“听其自然”，不去管他好罢，反正这些闲话都靠不住也不会久的。老实说，这塔与街本来并非不相干的东西，不问世事而缩入塔里原即是对于街头的反动，出在街头说道工作的人也仍有他们的塔，因为他们自有其与大众乖戾的理想。总之只有预备跟着街头的群众去瞎撞胡混，不想依着自己的意见说一两句话的人，才真是没有他的塔。所以我这塔也不只是我一个人有，不过这个名称是由我替他所取的罢了。

（十四年二月）

生活之艺术

契诃夫（Tshekhob）书简集中有一节道，（那时他在爱珲附近旅行，）“我请一个中国人到酒店里喝烧酒，他在未饮之前举杯向着我和酒店主人及伙计们，说道‘请’。这是中国的礼节。他并不象我们那样的一饮而尽，却是一口一口的啜，每啜一口，吃一点东西；随后给我几个中国铜钱，表示感谢之意。这是一种怪有礼的民族。……”

一口一口的啜，这的确是中国仅存的饮酒的艺术：干杯者不能知酒味，泥醉者不能知微醺之味。中国人对于饮食还知道一点享用之术，但是一般的生活之艺术却早已失传了。中国生活的方式现在只是两个极端，非禁欲即是纵欲，非连酒字都不准说即是浸身在酒槽里，二者互相反动，各益增长，而其结果则是同样的污糟。动物的生活本有自然的调节，中国在千年以前文化发达，一时颇有臻于灵肉一致之象，后来为禁欲思想所战胜，变成现在这样的生活，无自由、无节制，一切在礼教的面具底下实行迫压与放恣，实在所谓礼者早已消灭无存了。

生活不是很容易的事。动物那样的，自然地简易地生活，是其一法；把生活当作一种艺术，微妙地美地生活，又是一法：二者之外别无道路，有之则是禽兽之下的乱调的生活了。生活之艺术只在禁欲与纵欲的调和。蔼理斯对于这个问题很有精到的意见，他排斥宗教的禁欲主义，但以为禁欲亦是人性的一面；欢乐与节制二者并存，且不相反而实相成。人有禁欲的倾向，即所以防欢乐的过量，并即以增欢乐的程度。他在《圣芳济与其他》一篇论文中曾说道，“有人以此二者（即禁欲与耽溺）之一为其生活之惟一目的者，其人将在尚未生活之前早已死了。有人先将其一（耽溺）推至极端，再转而之他，其人才真能了解人生是什么，日后将被记念为模范的高僧。但是始终尊重这二重理想者，那才是知生活法的明智的大师。……一切生活是一个建设与破坏，一个取进与付出，一个永远的构成作用与分解作用的循环。要正当地生活，我们须得模仿大自然的豪华与严肃。”他又说过，“生活之艺术，其方法只在于微妙地混和取与舍二者而已，”更是简明的说出这个意思来了。

生活之艺术这个名词，用中国固有的字来说便是所谓礼。斯谛耳博士在《仪礼》序上说，“礼节并不单是一套仪式，空虚无用，如后世所沿袭者。这是用以养成自制与整饬的动作之习惯，惟有能领解万物感受一切之心的人才有这样安详的容止。”从前听说辜鸿铭先生批评英文《礼记》译名的不妥当，以为“礼”不是Rite而是Art，当时觉得有点乖僻，其实却是对的，不过这是指本来的礼，后来的礼仪礼教都是堕落了的东西，不足当这个称呼了。中国的礼早已丧失，只有如上文所说，还略存于茶酒之间而已。去年有西人反对上海禁娼，以为妓院是中国文化所在的地方，这句话的确难免有点荒谬，但仔细想来也不无若干理由。我们不必拉扯唐代的官妓，希腊的“女友”（Hetaira）的韵事来作辩护，只想起某外人的警句，“中国挟妓如西洋的求婚，中国娶妻如西洋的宿娼”，或者不能不感到《爱之术》（*Ars Amatoria*）真是只存在草野之间了。我们并不同某西人那样要保存妓院，只觉得在有些怪论里边，也常有真实存在罢了。

中国现在所切要的是一种新的自由与新的节制，去建造中国的新文明，也就是复兴千年前的旧文明，也就是与西方文化的基础之希腊文明相合一了。这些话或者说的太大太高了，但据我想舍此中国别无得救之道，宋以来的道学家的禁欲主义总是无用的了，因为这只足以助成纵欲而不能收调节之功。其实这生活的艺术在有礼节重中庸的中国本来不是什么新奇的事物，如《中庸》的起头说，“天命之谓性，率性之谓道，修道之谓教，”照我的解说即是很明白的这种主张。不过后代的人都只拿去讲章旨节旨，没有人实行罢了。我不是说半部《中庸》可以济世，但以表示中国可以了解这个思想。日本虽然也很受到宋学的影响，生活上却可以说是承受平安朝的系统，还有许多唐代的流风馀韵，因此了解生活之艺术也更是容易。在许多风俗上日本的确保存这艺术的色彩，为我们中国人所不及，但由道学家看来，或者这正是他们的缺点也未可知罢。

（十三年十一月）

与友人论性道德书

雨村兄[①]：

长久没有通信，实在因为太托熟了，况且彼此都是好事之徒，一个月里总有几篇文字在报纸上发表，看了也抵得过谈天，所以觉得别无写在八行书上之必要。但是也有几句话，关于《妇人杂志》的，早想对你说说，这大约是因为懒，拖延至今未曾下笔，今天又想到了，便写这一封信寄给你。

我如要称赞你，说你的《妇人杂志》办得好，即使是真话也总有后台喝采的嫌疑，那是我所不愿意说的，现在却是别的有点近于不满的意见，似乎不妨一说。你的恋爱至上的主张，我仿佛能够理解而且赞同，但是觉得你的《妇人杂志》办得不好，——因为这种杂志不是登载那样思想的东西。《妇人杂志》我知道是营业性质的，营业与思想——而且又是恋

① 时商务印书馆办有《妇女杂志》，主编章锡琛（1889—1969）字雪村，浙江绍兴人，与周作人、鲁迅很熟。周作人这里故意将《妇女杂志》改称《妇人杂志》，又由“雪村”点化出“雨村”，似有暗示，又系杜撰虚设，是一种“游戏笔墨”，周作人的友人钱玄同也常爱用。

爱，差的多么远！我们要谈思想，三五个人自费赔本地来发表是可以的，然而在营业性质的刊物上，何况又是The LADY'S Journal……那是期期以为不可。我们要知道，营业与真理，职务与主张，都是断乎不可混同，你却是太老实地“借别人的酒杯浇自己的块垒”，虽不愧为忠实的妇女问题研究者，却不能算是一个好编辑员了。所以我现在想忠告你一声，请你留下那些“过激”的“不道德”的两性伦理主张预备登在自己的刊物上，另外重新依据营业精神去办公家的杂志，千万不要再谈为LADIES and gent1emen所不喜的恋爱；我想最好是多登什么做鸡蛋糕布丁杏仁茶之类的方法以及刺绣裁缝梳头束胸捷诀，——或者调查一点缠脚法以备日后需要时登载尤佳。《白话丛书》里的《女诫注释》此刻还可采取转录，将来读经潮流自北而南的时候自然应该改登《女儿经》了。这个时代之来一定不会很迟，未雨绸缪现在正是时候，不可错过。这种杂志青年男女爱读与否虽未敢预言，但一定很中那些有权威的老爷们的意，待多买几本留着给孙女们读，销路不愁不广。即使不说销路，跟着圣贤和大众走总是不会有过失的，纵或不能说有功于世道人心而得到褒扬。总之我希望你划清界限，把气力卖给别人，把心思自己留起，这是酬世锦囊里的一条妙计，如能应用，消灾纳福，效验有如《波罗密多心咒》。

然而我也不能赞成你太热心地发挥你的主张，即使是在自办的刊物上面。我实在可叹，是一个很缺少“热狂”的人，我的言论多少都有点游戏态度。我也喜欢弄一点过激的思想，拨草寻蛇地去向道学家寻事，但是如法国拉勃来（Rabelais）那样只是到“要被火烤了为止”，未必有殉道的决心。好象是小孩踢球，觉得是颇愉快的事，但本不期望踢出什么东西来，踢到倦了也就停止，并不预备一直踢到把腿都踢折，——踢折之后岂不还只是一个球么？我们发表些关于两性伦理的意见也只是自己要说，难道就希冀能够于最近的或最远的将来发生什么效力？耶稣，孔丘，释迦，梭格拉底的话，究竟于世间有多大影响，我不能确说，其结果恐不过自己这样说了觉得满足，后人读了觉得满足——或不满足，如是而已。我并非绝对不信进步之说，但不相信能够急速而且完全地进步；我觉得世界无论变到哪个样子，争斗，杀伤，私通，离婚这些事总是不会绝迹的。我们的高远的理想境到底只是我们心中独自娱乐的影片。为了这种理想，我也愿出力，但是现在还不想拚命。我未尝不想志士似的高唱牺牲，劝你奋斗到底，但老实说我惭愧不是志士，不好以自己所不能的转劝别人，所以我所能够劝你的只是不要太热心，以致被道学家们所烤。最好是望见白炉子留心点，暂时不要走近前去，当然也不可就改入白炉子党，——白炉子的烟稍淡的时候仍旧继续做自己的工作，千万不要一下子就被“烤”得如翠鸟牌香烟。我也知道如有人肯拚出他的头皮，直向白炉子的口里钻，或者也可以把他掀翻；不过，我重复地说，自己还拚不出，不好意思坐在交椅里乱嚷，这一层要请你原谅。

上礼拜六晚写到这里，夜中我们的小女儿忽患急病，整整地忙了三日，现在虽然医生声明危险已过，但还需要十分慎重的看护，所以我也还没有执笔的工夫，不过这封信总得寄出了，不能不结束一句。总之，我劝你少发在中国是尚早的性道德论，理由就是如上边所说，至于青年黄年之误会或利用那都是不成问题，这一层我不暇说了，只把陈仲甫先生一九二一年所说的话（《新青年》随感录一一七）抄一部分在后面，

青年底[1]误会

> “教学者如扶醉人，扶得东来西又倒。”现代青年底误解，也和醉人一般。……你说婚姻要自由，他就专门把写情书寻异性朋友做日常重要的功课。……你说要脱离家庭压制，他就抛弃年老无依的母亲。你说要提倡社会主义共产主义，他就悍然以为大家朋友应该养活他。你说青年要有自尊底精神，他就目空一切，妄自尊大，不受善言了。……

你看，这有什么办法，除了不理他之外？不然你就是只讲做鸡蛋糕，恐怕他们也会误解了，吃鸡蛋糕吃成胃病呢！匆匆不能多写了，改日再谈。

十四年四月十七日，署名。

---

① 同“的”。——编者注

我的复古的经验

大抵一个人在他的少年时代总有一两件可笑的事情，或是浪漫的恋爱，或是革命的或是复古的运动。现在回想起来，不免觉得很有可笑的地方，但在当时却是很正经的做着；老实说，这在少年时代原来也是当然的，只不要蜕化不出，变作一条僵蚕，那就好了。

我不是“国学家”，但在十年前后却很复过一回古。最初读严几道林琴南的译书，觉得这种以诸子之文写夷人的话的办法非常正当，便竭力的学他。虽然因为不懂“义法”的奥妙，固然学得不象，但自己却觉得不很背于遂译的正宗了。随后听了太炎先生的教诲，更进一步，改去那“载飞载鸣”的调子，换上许多古字，（如踢改为踶，耶写作邪之类，）——多谢这种努力，《域外小说集》的原板[1]只卖去了二十部。这是我复古的第一支路。

《新约》在中国有文理与官话两种译本，官话本固然看

① 现用“版”，后同。——编者注

不起，就是文理本也觉得不满足，因为文章还欠“古”，比不上周秦诸子和佛经的古雅。我于是决意“越俎”来改译，足有三年工夫预备这件工作，读希腊文，预定先译四福音书及《伊索寓言》，因为这时候对于林琴南君的伊索译本也嫌他欠古了！——到了后来，觉得圣书白话本已经很好，文理也可不必，更没有改译之必要：这是后话。以上是我的复古的第二支路。

以前我作古文，都用一句一圈的点句法。后来想到希腊古人都是整块的连写，不分句读段落，也不分字，觉得很是古朴，可以取法；中国文章的写法正是这样，可谓不谋而合，用圈点句殊欠古雅。中国文字即使难题，但既然生而为中国国民，便有必须学习这难题的文字的义务，不得利用种种方法，以便私图，因此我就主张取消圈点的办法，一篇文章必须整块的连写到底，（虽然仍有题目，不能彻底的遵循古法，）在本县的教育会月刊上还留存着我的这种成绩。这是我的复古的第三支路。

这种复古的精神，也并不是我个人所独有，大抵同时代同职业的人多有此种倾向。我的朋友钱玄同当时在《民报》社同太炎先生整夜的谈论文字复古的方法；临了太炎先生终于提出小篆的办法，这问题才算终结。这件事情，还有一部楷体篆书的《小学答问》流行在世间来作见证，这便是玄同的手笔。其后他穿了“深衣”去上公署，那正是我废圈的时候了。这样的事，说起来还多，现在也不必细说，只要表明我们曾经做过很可笑的复古运动就是了。

我们这样的复古，耗废了不少的时间与精力，但也因此得到一个极大的利益，便是“此路不通”的一个教训。玄同因为写楷体篆书，确知汉字之根本破产，所以彻悟过来，有那“辟历一声国学家之大狼狈”的废汉字的主张；我虽然没有心得，但也因此知道古文之决不可用了。这样看来，古也非不可复，只要复的彻底，言行一致的做去，不但没有坏处，而且反能因此寻到新的道路，这是的确可信的。所以对于现在青年的复古思想，我觉得用不着什么诧异，因为这是当然，将来复的碰壁，自然会觉醒过来的。所可怕者是那些言行不一致的复古家，口头说得热闹，却不去试验实行，既不穿深衣，也不写小篆，甚至于连古文也写得不能亨通，这样下去，便永没有回头的日子，好象一个人站在死胡同的口头硬说这条路是国道，却不肯自己走到尽头去看一看，只好一辈子站在那里罢了。

（十一年十一月）

日本的人情美

外国人讲到日本的国民性，总首先举出忠君来，我觉得不很的当。日本现在的尊君教育确是隆盛，在对外战争上也表示过不少成绩，但这似乎只是外来的一种影响，未必能代表日本的真精神。阅内藤虎次郎著《日本文化史研究》在“什么是日本文化”一章中见到这一节话，

> 如忠孝一语，在日本民族未曾采用支那语以前系用什么话表示，此事殆难发见。孝字用为人名时训作yoshi或Taka，其义只云善云高，并非对于父母的特别语；忠字训作Tada，也只是正的意义，又训为Mameyaka，意云亲切，也不是对于君的特别语。如古代在一般的善行正义之外既没有表示家庭关系及君臣关系的特别语忠孝二字，则此思想之有无也就是一个很大的疑问。

内藤是研究东洋史的，又特别推重中国文化，这里便说明

就是忠孝之德也是从中国传过去的。（我国的国粹党听了且请不要鼻子太高。）现在我借了他的这一节话并不想我田引水，不过籍以证明日本的忠君原系中国货色，近来加上一层德国油漆，到底不是他们自己的永久不会变的国民性。我看日本文化里边尽有比中国好几倍的东西，忠君却不是其中之一。照中国现在的情形看来，似乎也有非讲国家主义不可之势，但这件铁甲即使穿上也是出于迫不得已，不能就作为大褂子穿，而且得到机会还要随即脱下，叠起，收好。我们在家里坐路上走总只是穿着便服，便服装束才是我们的真相。我们要觇日本，不要去端相他那两当双刀的尊容，须得去看他在那里吃茶弄草花时的样子才能知道他的真面目，虽然军装时是一副野相。辜鸿铭老先生应大东文化协会之招，大颂日本的武化，或者是怪不得的，有些文人如小泉八云（Lafcadio Hearn）保罗路易古修（Paul Louis Couchoud）之流也多未能免俗，仿佛说忠义是日本之精华，大约是千虑之一失罢。

日本国民性的优点据我看来是在反对的方向，即是富于人情。和辻哲郎在《古代日本文化》中论“《古事记》之艺术的价值”，结论云，

> 《古事记》中的深度的缺乏，即以此有情的人生观作为补偿。《古事记》全体上牧歌的美，便是这润泽的心情的流露。缺乏深度即使是弱点，总还没有缺乏这个润泽的心情那样重大。支那集录古神话传说的

史书在大与深的两点上或者比《古事记》为优，但当作艺术论恐不能及《古事记》罢。为什么呢，因为他感情不足，特别如上边所说的润泽的心情显然不足。《古事记》虽说是小孩似的书，但在他的美上未必劣于大人的书也。

这种心情正是日本最大优点，使我们对于他的文化感到亲近的地方，而无限制的忠孝的提倡不但将使他们个人中间发生许多悲剧，也即是为世人所憎恶的重要原因。在现代日本这两种分子似乎平均存在，所以我们觉得在许多不愉快的事物中间时时发见一点光辉与美。

（十四年一月）

一年的长进

在最近的五个礼拜里，一连过了两个年，这才算真正过了年，是民国十三年岁次甲子年了。回想过去“猪儿年”，国内虽然起了不少的重要变化，在我个人除了痴长一岁之外，实在乏善可陈，但仔细想来也不能说毫无长进，这是我所觉得尚堪告慰的。

这一年里我的惟一的长进，是知道自己之无所知。以前我也自以为是有所知的，在古今的贤哲里找到一位师傅，便可以据为典要，造成一种主见，评量一切，这倒是很简易的办法。但是这样的一位师傅后来觉得逐渐有点难找，于是不禁狼狈起来，如瞎子之失了棒了，既不肯听别人现成的话，自己又想不出意见，归结只好老实招认，述蒙丹尼（Montaigne）的话道“我知道什么”？我每日看报，实在总是心里胡里胡涂的，对于政治外交上种种的争执往往不能了解谁是谁非，因为觉得两边的话都是难怪，却又都有点靠不住。我常怀疑，难道我是没有“良知”的么？我觉得不能不答应说“好象是的”，虽然我知道这句话一定要使提唱[1]王学的朋友大不高兴。真的，我的心里确是空澌澌的，好象是旧殿里的那把椅子——不过这也是很清爽的事。我若能找到一个“单纯的信仰”，或者一个固执的偏见，我就有了主意，自然可以满足而且快活了；但是有偏见的想除掉固不容易，没有时要去找来却也有点为难。大约我之无所知也不是今日始的，不过以前自以为知罢了；现在忽然觉悟过来，正是好事，殊可无须寻求补救的方法，因为露出的马脚才是真脚，自知无所知却是我的第一个的真知也。

我很喜欢，可以趁这个机会对于以前曾把书报稿件寄给我看的诸位声明一下。我接到印有“乞批评”字样的各种文字，总想竭力奉陪的，无如照上边所说，我实在是不能批评，也不敢批评，倘若硬要我说好坏，我只好仿主考的用脚一踢——但这当然是毫不足凭的。我也曾听说世上有安诺德等大批评家，但安诺德可，我则不可。我只想多看一点大批评家的言论，广广自己的见识，没有用朱笔批点别人文章的意思，所对于“乞批评”的要求，常是“有方尊命”，诸祈鉴原是幸。

（十三年二月）

① 现用“提倡”，后同。——编者注

沉　默

林玉堂先生说，法国一个演说家劝人缄默，成书三十卷，为世所笑，所以我现在做讲沉默的文章，想竭力节省，以原稿纸三张为度。

提倡沉默从宗教方面讲来，大约很有材料，神秘主义里很看重沉默，美忒林克便有一篇极妙的文章。但是我并不想这样做，不仅因为怕有拥护宗教的嫌疑，实在是没有这种知识与才力。现在只就人情世故上着眼说一说罢。

沉默的好处第一是省力。中国人说，多说话伤气，多写字伤神。不说话不写字大约是长生之基，不过平常人总不易做到。那么一时的沉默也就很好，于我们大有裨益。三十小时草成一篇宏文，连睡觉的时光都没有，第三天必要头痛；演说家在讲台上呼号两点钟，难免口干喉痛，不值得甚矣。若沉默，则可无此种劳苦，——虽然也得不到名声。

沉默的第二个好处是省事。古人说“口是祸门”，关上门，贴上封条，祸便无从发生，（“闭门家里坐，祸从天上来。”那只算是“空气传染”，又当别论，）此其利一。自己想说服别人，或是有所辩解，照例是没有什么影响，而且愈说愈是渺茫，不如及早沉默，虽然不能因此而说服或辩明，但至少是不会增添误会。又或别人有所陈说，在这面也照例不很能理解，极不容易答复，这时候沉默是适当的办法之一。古人说不言是最大的理解，这句话或者有深奥的道理，据我想则在我至少可以藏过不理解，而在他也就可以有猜想被理解了之自由。沉默之好处的好处，此其二。

善良的读者们，不要以我为太玩世（Cynical）了罢？老实说，我觉得人之互相理解是至难——即使不是不可能的事，而表现自己之真实的感情思想也是同样地难。我们说话作文，听别人的话，读别人的文，以为互相理解了，这是一个聊以自娱的如意的好梦，好到连自己觉到了的时候也还不肯立即承认，知道是梦了却还想在梦境中多流连一刻。其实我们这样说话作文无非只是想这样做，想这样聊以自娱，如其觉得没有什么可娱，那么尽可简单地停止。我们在门外草地上翻几个筋斗，想象那对面高楼上的美人看着，（明知她未必看见，）很是高兴，是一种办法；反正她不会看见，不翻筋斗了，且卧在草地上看云罢，这也是一种办法。两者都是对的，我这回是在做第二个题目罢了。

我是喜翻筋斗的人，虽然自己知道翻得不好。但这也只是不巧妙罢了，未必有什么害处，足为世道人心之忧。不过自己的评语总是不大靠得住的，所以在许多知识阶级的道学家看来，我的筋斗都翻得有点不道德，不是这种姿势足以坏乱风俗，便是这个主意近于妨害治安。这种情形在中国可以说是意表之内的事，我们也并不想因此而变更态度，但如民间这种倾向到了某一程度，翻筋斗的人至少也应有想到省力的时候了。

三张纸已将写满，这篇文应该结束了。我费了三张纸来提倡沉默，因为这是对于现在中国的适当办法。——然而这原来只是两种办法之一，有时也可以择取另一办法：高兴的时候弄点小把戏，“藉资排遣”。将来别处看有什么机缘，再来噪聒，也未可知。

（一九二四年七月二十日）

山中杂信

一

伏园兄：

我已于本月初退院，搬到山里来了[①]。香山不很高大，仿佛只是故乡城内的卧龙山模样，但在北京近郊，已经要算是很好的山了。碧云寺在山腹上，地位颇好，只是我还不曾到外边去看过，因为须等医生再来诊察一次之后，才能决定可以怎样行动，而且又是连日下雨，连院子里都不能行走，终日只是起卧屋内罢了。大雨接连下了两天，天气也就颇冷了。般若堂里住着几个和尚们，买了许多香椿干，摊在芦席上晾着，这两天的雨不但使他不能干燥，反使他更加潮湿。每从玻璃窗望去，看见廊下摊着湿漉漉的深绿的香椿干，总觉得对于这班和尚们心

① 1920年年底，周作人突患肋膜炎，因病势恶化，1921年3月底至5月底曾住院两月，并于是年6月2日去香山碧云寺养病，住般若堂。

里很是抱歉似的——虽然下雨并不是我的缘故。

般若堂里早晚都有和尚做功课，但我觉得并不烦扰，而且于我似乎还有一种清醒的力量。清早和黄昏时候的清澈的磬声，仿佛催促我们无所信仰，无所归依的人，拣定一条道路精进向前。我近来的思想动摇与混乱，可谓已至其极了，托尔斯泰的无我爱与尼采的超人，共产主义与善种学，耶佛孔老的教训与科学的例证，我都一样的喜欢尊重，却又不能调和统一起来，造成一条可以行的大路。我只将这各种思想，凌乱的堆在头里，真是乡间的杂货一料店了。——或者世间本来没有思想上的“国道”，也未可知，这件事我常常想到，如今听他们做功课，更使我受了激刺。同他们比较起来，好象上海许多有国籍的西商中间，夹着一个“无领事管束”的西人。至于无领事管束，究竟是好是坏，我还想不明白。不知你以为何如？

寺内的空气并不比外间更为和平。我来的前一天，般若堂里的一个和尚，被方丈差人抓去，说他偷寺内的法物，先打了一顿，然后捆送到城内什么衙门去了。究竟偷东西没有，是别一个问题，但是吊打恐总非佛家所宜。大约现在佛徒的戒律，也同“儒业”的三纲五常一样，早已成为具文了。自己即使犯了永为弃物的波罗夷罪，并无妨碍，只要有权力，便可以处置别人，正如护持名教的人却打他的老父，世间也一点都不以为奇。我们厨房的间壁，住着两个卖汽水的人，也时常吵架。掌柜的回家去了，只剩了两个少年的伙计，连日又下雨，不能出去摆摊，所以更容易争闹起来。前天晚上，他们都不愿意烧饭，互相推诿，始而相骂，终于各执灶上的铁通条，打仗两次。我听他们叱咤的声音，令我想起《三国志》及《劫后英雄略》等书里所记的英雄战斗或比武时的威势，可是后来战罢，他们两个人一点都不受伤，更是不可思议了。从这两件事看来，你大约可以知道这山上的战氛罢。

因为病在右肋，执笔不大方便，这封信也是分四次写成的。以后再谈罢。

（一九二一年六月五日）

二

近日天气渐热，到山里来住的人也渐多了。对面的那三间屋，已于前日租去，大约日内就有人搬来。般若堂两旁的厢房，本是“十方堂”，这块大木牌还挂在我的门口。但现在都已租给人住，以后有游方僧来，除了请到罗汉堂去打坐以外，没有别的地方可以挂单了。

三四天前大殿里的小菩萨，失少了两尊，方丈说是看守大殿的和尚偷卖给游客了，于是又将他捆起来，打了一顿，但是这回不曾送官，因为次日我又听见他在后堂敲那大木鱼了。（前回被捉去的和尚已经出来，搬到别的寺里去了。）当时我正翻阅《诸经要集》六度部的忍辱篇，道世大师在述意缘内说道，“……岂容微有触恼，大生瞋恨，乃至角眼相看，恶声厉色，遂加杖木，结恨成怨，”看了不禁苦笑。或者丛林的规矩，方丈本来可以用什么板子打人，但我总觉得有点矛盾。而且如果真照规矩办起来，恐怕应该挨打的却还不是这个所谓偷卖小菩萨的和尚呢。

山中苍蝇之多，真是“出人意表之外”。每到下午，在窗外群飞，嗡嗡作声，仿佛是蜜蜂的排衙。我虽然将风门上糊了冷布，紧紧关闭，但是每一出入，总有几个混进屋里来。各处棹上摊着苍蝇纸，另外又用了棕丝制的蝇拍追着打，还是不能绝灭。英国诗人勃来克有《苍蝇》一诗，将蝇来与无常的人生相比；日本小林一茶的俳句道，“不要打哪！那苍蝇搓他的手，搓他的脚呢。”我平常都很是爱念，但在实际上却不能这样的宽大了。一茶又有一句俳句，序云，

> 捉到一个虱子，将他掐死固然可怜，要把他舍在门外，让他绝食，也觉得不忍；忽然的想到我佛从前给与鬼子母的东西[①]，成此。
>
> 虱子呵，放在和我味道一样的石榴上爬着。

《四分律》云，“时有老比丘拾虱弃地，佛言不应，听以器盛若绵拾着中。若虱走出，应作筒盛；若虱出筒，应作盖

① 日本传说，佛降伏鬼子母神，给与石榴实食之，以代人肉，因石榴实味酸甜似人肉云。据《鬼子母经》说，她后来变了生育之神，这石榴大约只是多子的象征罢了。

塞。随其寒暑，加以腻食将养之。”一茶是诚信的佛教徒，所以也如此做，不过用石榴喂他却更妙了。这种殊胜的思想，我也很以为美，但我的心底里有一种矛盾，一面承认苍蝇是与我同具生命的众生之一，但一面又总当他是脚上带着许多有害的细菌，在头上面爬的痒痒的，一种可恶的小虫，心想除灭他。这个情与知的冲突，实在是无法调和，因为我笃信“赛老先生”的话，但也不想拿了他的解剖刀去破坏诗人的美的世界，所以在这一点上，大约只好甘心且做蝙蝠派罢了。

对于时事的感想，非常纷乱，真是无从说起，到还不如不说也罢。

（六月二十三日）

三

我在第一信里，说寺内战氛很盛，但是现在情形却又变了。卖汽水的一个战士，已经下山去了。这个缘因，说来很长。前两回礼拜日游客很多，汽水卖了十多块钱一天，方丈知道了，便叫他们从形势最好的那“水泉”旁边撤退，让他自己来卖。他们只准在荒凉的塔院下及门口去摆摊，生意便很清淡，掌柜的于是实行减政，只留下了一个人做帮手——这个伙计本是做墨盒的，掌柜自己是泥水匠。这主从两人虽然也有时争论，但不至于开起仗来了。方丈似乎颇喜欢吊打他属下的和尚，不过他的法庭离我这里很远，所以并未直接受到影响。此外偶然和尚们喝醉了高粱，高声抗辩，或者为了金钱胜负稍有纠葛，都是随即平静，算不得什么大事。因此般若堂里的空气，近来很是长闲逸豫，令人平矜释躁。这个情形可以意会，不易言传，我如今举出一件琐事来做个象征，你或者可以知其大略。我们院子里，有一群鸡，共五六只，其中公的也有，母的也有。这是和尚们共同养的呢，还是一个人的私产，我都不知道。他们白天里躲在紫藤花底下，晚间被盛入一只小口大腹，象是装香油用的藤篓里面。这篓子似乎是没有盖的，我每天总看见他在柏树下仰天张着口放着。夜里酉戌之交，和尚们擂鼓既罢，各去休息，篓里的鸡便怪声怪气的叫起来。于是禅房里和尚们的"唆，唆——"之声，相继而作。这样以后，篓里与禅房里便复寂然，直到天明，更没有什么惊动。问是什么事呢？答说有黄鼠狼来咬鸡。其实这小口大腹的篓子里，黄鼠狼是不会进去的，倘若掉了下去，他就再逃也出不来了。大约他总是未能忘情，所以常来窥探，不过聊以快意罢了。倘若篓子上加上一个盖，——虽然如上文所说，即使无盖，本来也很安全，——也便可以省得他的窥探。但和尚们永远不加盖，黄鼠狼也便永远要来窥探，以致"三日两头"的引起夜中篓里与禅房里的驱逐。这便是我所说的长闲逸豫的所在。我希望这一节故事，或者能够比那四个抽象的字说明的更多一点。

但是我在这里不能一样的长闲逸豫，在一日里总有一个阴郁的时候，这便是下午清华园的邮差送报来后的半点钟。我的神经衰弱，易于激动，病后更甚，对于略略重大的问题，稍加思索，便很烦躁起来，几乎是发热状态，因此平常十分留心免避。但每天的报里，总是充满着不愉快的事情，见了不免要起烦恼。或者说，既然如此，不看岂不好么？但我又舍不得不看，好象身上有伤的人，明知触着是很痛的，但有时仍是不自禁的要用手去摸，感到新的剧痛，保留他受伤的意识。但苦痛究竟是苦痛，所以也就赶紧丢开，去寻求别的慰解。我此时放下报纸，努力将我的思想遣发到平常所走的旧路上去——回想近今所看书上的大乘菩萨布施忍辱等六度难行，净土及地狱的意义，或者去搜求游客及和尚们（特别注意于方丈）的轶事。我也不愿再说不愉快的事，下次还不如仍同你讲他们的事情罢。

（六月二十九日）

四

近日因为神经不好，夜间睡眠不足，精神很是颓唐，所以好久没有写信，也不曾做诗了。诗思固然不来，日前到大殿后看了御碑亭，更使我诗兴大减。碑亭之北有两块石碑，四面都刻着乾隆御制的律诗和绝句。这些诗虽然很讲究的刻在石上，壁上还有宪兵某君的题词，赞叹他说“天命乃有移，英风殊难泯”！但我看了不知怎的联想到那塾师给冷于冰看的草稿，将我的创作热减退到近于零度。我以前病中忽发野心，想做两篇小说，一篇叫《平凡的人》，一篇叫《初恋》，幸而到了现在还不曾动手。不然，岂不将使《馍馍赋》不但无独而且有偶么？

我前回答应告诉你游客的故事，但是现在也未能践约，因为他们都从正门出入，很少到般若堂里来的。我看见从我窗外走过的游客，一总不过十多人。他们却有一种公共的特色，似乎都对于植物的年龄颇有趣味。他们大抵问和尚或别人道，“这藤萝有多少年了？”答说，“这说不上来。”便又问，“这柏树呢？”至于答案，自然仍旧是“说不上来”了。或者不问柏树的，也要问槐树，其馀核桃石榴等小树，就少有人注意了。我常觉得奇异，他们既然如此热心，寺里的人何妨就替各棵老树胡乱定出一个年岁，叫和尚们照样对答，或者写在大木板上，挂在树下，岂不一举两得么？

游客中偶然有提着鸟笼的，我看了最不喜欢。我平常有一种偏见，以为作不必要的恶事的人，比为生活所迫，不得已而作恶者更为可恶；所以我憎恶蓄妾的男子，比那卖女为妾——因贫穷而吃人肉的父母，要加几倍。对于提鸟笼的人的反感，也是出于同一的源流。如要吃肉，便吃罢了；（其实飞鸟的肉，于养生上也许非必要。）如要赏鉴，在他自由飞鸣的时候，可以尽量的看或听；何必关在笼里，擎着走呢？我以为这同喜欢缠足一样的是痛苦的赏玩，是一种变态的残忍的心理。贤首于《梵网戒疏》盗戒下注云，“善见云，盗空中鸟，左翅至右翅，尾至头，上下亦尔，俱得重罪。准此戒，纵无主，鸟身自为主，盗皆重也。”鸟身自为主——这句话的精神何等博大深厚，然而又岂是那些提鸟笼的朋友所能了解的呢？

《梵网经》里还有几句话，我觉得也都很好。如云“若佛子，故食肉——一切肉不得食。——断大慈悲性种子，一切众生见而舍去。”又云，“一切男子是我父，一切女人是我母，我生生无不从之受生，故六道众生皆我父母。而杀而食者，即杀我父母，亦杀我故身：一切地水，是我先身；一切火风，是我本体。……”我们现在虽然不能再相信六道轮回之说，然而对于这普亲观平等观的思想，仍然觉得他是真而且美。英国勃来克的诗，

被猎的兔的每一声叫，
撕掉脑里的一枝神经；
云雀被伤在翅膀上，
一个天使止住了歌唱。

这也是表示同一的思想。我们为自己养生计，或者不得不杀生，但是大慈悲性种子也不可不保存，所以无用的杀生与快意的杀生，都应该避免的。譬如吃醉虾，这也罢了；但是有人并不贪他的鲜味，只为能够将半活的虾夹住，直往嘴里送，心里想道“我吃你！”觉得很快活。这是在那里尝得胜快心的滋味，并非真是吃食了。《晨报》杂感栏里曾登过松年先生的

一篇《爱》，我很以他所说的为然。但是爱物也与仁人很有关系，倘若断了大慈悲性种子，如那样吃醉虾的人，于爱人的事也恐怕不大能够圆满的了。

（七月十四日）

五

近日的天气很热，屋里下午的气温在九十度以上。所以一到晚间，般若堂里在院子里睡觉的人，总有三四人之多。他们的睡法很是奇妙，因为蚊子白蛉要来咬，于是便用棉被没头没脑的盖住。这样一来，固然再也不怕蚊子们的勒索，但是露天睡觉的原意也完全失掉了。要说是凉快，却蒙着棉被；要说是通气，却将头直钻到被底下去。那么同在热而气闷的屋里睡觉，还有什么区别呢？有一位方丈的徒弟，睡在藤椅上，挂了一顶洋布的帐子，我以为是防蚊用的了，岂知四面都是悬空，蚊子们如能飞近地面一二尺，仍旧是可以进去的，他的帐子只能挡住从上边掉下来的蚊子罢了。这些奥妙的办法，似乎很有一种禅味，只是我了解不来。

我的行踪，近来已经推广到东边的“水泉”。这地方确是还好，我于每天清早，没有游客的时候，去徜徉一会，赏鉴那山水之美。只可惜不大干净，路上很多气味，——因为陈列着许多《本草》上的所谓人中黄！我想中国真是一个奇妙的国，在那里人们不容易得到营养料，也没有方法处置他们的排泄物。我想象轩辕太祖初入关的时候，大约也是这样情形。但现在已经过了四千年之久了，难道这个情形真已支持了四千年，一点不曾改么？

水泉四面的石阶上，是天然疗养院附属的所谓洋厨房。门外生着一颗白杨树，树干很粗，大约直径有六七寸，白皮斑驳，很是好看。他的叶在没有什么大风的时候，也瑟瑟的响，仿佛是有魔术似的。古诗说，“白杨多悲风，萧萧愁杀人，”非看见过白杨树的人，不大能了解他的趣味。欧洲传说云，耶稣钉死在白杨木的十字架上，所以这树以后便永远颤抖着。……我正对着白杨起种种的空想，有一个七八岁的小西洋人跟着宁波的老妈子走进洋厨房来。那老妈子同厨子讲着话的时候，忽然来了两个小广东人，各举起一只手来，接连的打小西洋人的嘴巴。他的两个小颊，立刻被批的通红了，但他却守着不抵抗主义，任凭他们打去。我的用人看不过意，把他们隔开两回，但那两位攘夷的勇士又冲过去，寻着要打嘴巴。被打的人虽然忍受下去了，但他们把我刚才的浪漫思想也批到不知去向，使我切肤的感到现实的痛。——至于这两个小爱国者的行为，若由我批评，不免要有过激的话，所以我也不再说了。

我每天傍晚到碑亭下去散步，顺便恭读乾隆的御制诗；碑上共有十首，我至少总要读他两首。读之既久，便发生种种感想，其一是觉得语体诗发生的不得已与必要。御制诗中有这几句，如“香山适才游白社，越岭便已至碧云”，又“玉泉十丈瀑，谁识此其源，”似乎都不大高明。但这实在是旧诗的难做，怪不得皇帝。对偶呀，平仄呀，押韵呀，拘束得非常之严，所以便是奉天承运的真龙也挣扎他不过，只落得留下多少打油的痕迹在石头上面。倘若他生在此刻，抛了七绝五律不做，去做较为自由的新体诗，即使做的不好，也总不至于被人认为“哥罐闻焉嫂棒伤”的蓝本罢。但我写到这里，忽然想到《大江集》等几种名著，又觉得我所说的也未必尽然。大约用文言做“哥罐”的，用白话做来仍是“哥罐”，——于是我又想起一种疑问，这便是语体诗的“万应”的问题了。

（七月十七日）

六

好久不写信了。这个原因，一半因为你的出京，一半因为我的无话可说。我的思想实在混乱极了，对于许多问题都要思索，却又一样的没有归结，因此觉得要说的话虽多，但不知道怎样说才好。现在决心放任，并不硬去统一，姑且看书消遣，这倒也还罢了。

上月里我到香山去了两趟，都是坐了四人轿去的。我们在家乡的时候，知道四人轿是只有知县坐的，现在自己却坐了两回，也是“出于意表之外”的。我一个人叫他们四位扛着，似乎很有点抱歉，而且每人只能分到两角多钱，在他们实在也不经济，不知道为什么不减作两人呢？那轿杠是杉木的，走起来非常颠播[1]。大约坐这轿的总非有候补道的那样身材，是不大合宜的。我所去的地方是甘露旅馆，因为有两个朋友耽阁在那里，其馀各处都不曾去。什么的一处名胜，听说是督办夫人住着，不能去了。我说这是什么督办，参战和边防的督办不是都取消了么。答说是水灾督办。我记得四五年前天津一带确曾有过一回水灾，现在当然已经干了，而且连旱灾都已闹过了（虽然不在天津）。朋友说，中国的水灾是不会了的，黄河不是决口了么。这话的确不错，水灾督办诚然有存在的必要，而且照中国的情形看来，恐怕还非加入官制里去不可呢。

我在甘露旅馆买了一本《万松野人言善录》，这本书出了已经好几年，在我却是初次看见。我老实说，对于英先生的议论未能完全赞同，但因此引起我陈年的感慨，觉得要一新中国的人心，基督教实在是很适宜的。极少数的人能够以科学艺术或社会的运动去替代他宗教的要求，但在大多数是不可能的。我想最好便以能容受科学的一神教把中国现在的野蛮残忍的多神——其实是拜物——教打倒，民智的发达才有点希望。不过有两大条件，要紧紧地守住：其一是这新宗教的神切不可与旧的神的观念去同化，以致变成一个西装的玉皇大帝；其二是切不可造成教阀，去妨害自由思想的发达。这第一第二的覆辙，在西洋历史上实例已经很多，所以非竭力免去不可。——但

① 现用“颠簸”，后同。——编者注

是，我们昏乱的国民久伏在迷信的黑暗里，既然受不住智慧之光的照耀，肯受这新宗教的灌顶么？不为传统所囚的大公无私的新宗教家，国内有几人呢？仔细想来，我的理想或者也只是空想；将来主宰国民的心的，仍旧还是那一班的鬼神妖怪罢！

我的行踪既然推广到了寺外，寺内各处也都已走到，只剩那可以听松涛的有名的塔上不曾去。但是我平常散步，总只在御诗碑的左近或是弥勒佛前面的路上。这一段泥路来回可一百步，一面走着，一面听着阶下龙嘴里的潺湲的水声（这就是御制诗里的“清波绕砌湲”），到也很有兴趣。不过这清波有时要不“湲”，其时很是令人扫兴，因为后面有人把他截住了。这是谁做主的，我都不知道，大约总是有什么金鱼池的阔人们罢。他们要放水到池里去，便是汲水的人也只好等着，或是劳驾往水泉去，何况想听水声的呢！靠着这清波的一个朱门里，大约也是阔人，因为我看见他们搬来的前两天，有许多穷朋友头上顶了许多大安乐椅小安乐椅进去。以前一个绘画的西洋人住着的时候，并没有什么门禁，东北角的墙也坍了，我常常去到那里望对面的山景和在溪滩积水中洗衣的女人们。现在可是截然的不同了，倒墙从新筑起，将真山关出门外，却在里面叫人堆上许多石头，（抬这些石头的人们，足足有三天，在我的窗前络绎的走过。）叫作假山，一面又在弥勒佛左手的路上筑起一堵泥墙，于是我真山固然望不见，便是假山也轮不到看。那些阔人们似乎以为四周非有墙包围着是不能住人的。我远望香山上迤逦的围墙，又想起秦始皇的万里长城，觉得我所推测的话并不是全无根据的。

还有别的见闻，我曾做了两篇《西山小品》，其一曰《一个乡民的死》，其二曰《卖汽水的人》，将他记在里面。但是那两篇是给日本的朋友们所办的一个杂志作的，现在虽有原稿留下，须等我自己把他译出方可发表。

九月三日，在西山。

《冬天的蝇》

这几天读日本两个作家的随笔，觉得很有兴趣。一是谷崎润一郎的《摄阳随笔》，一是永井荷风的《冬天的蝇》，是本年四五月间出版的。这两个人都是小说家，但是我所最喜欢的还是他们的随笔。说也凑巧，他们一样地都是东京人，就是所谓“江户子”，年纪都是五十出外，思想不大相同，可是都不是任何派的正宗。两人前不属自然派，后不属普罗文士，却各有擅场。谷崎多写“他虐狂”的变态心理，以《刺青》一篇出名，永井则当初作耽美的小说，后来专写市井风俗，有《露水的前后》是记女招待生活的大作。他们的文章又都很好，谷崎新著有《文章读本》，又有《关于现代口语文的缺点》一文收在《倚松庵随笔》中。我读他们两人的文章，忽然觉得好有一比，谷崎有如郭沫若，永井仿佛郁达夫，不过这只是印象上的近似，至于详细自然并不全是一样。

说到文章我从前也很喜欢根岸派所提倡的写生文，正冈子规之外，坂本文泉子与长冢节的散文，我至今还爱读，可是近来看高滨虚子的文集《新俳文》与山口青村的《有花的随笔》，觉得写是写得漂亮，却不甚满足，因为似乎具衣冠而少神气。古来的俳文不是这样的，大抵都更要充实，文字纵然飘逸幽默，里边透露出诚恳深刻的思想与经验。自芭蕉，一茶以至子规，无不如此，虽然如横井也有纯是太平之逸民，始终微笑地写那一部《鹑衣》者也不是没有。谷崎永井两人所写的不是俳文，但以随笔论我觉得极好。非现代俳谐师所能及，因为文章固佳而思想亦充实，不是今天天气哈哈哈那种态度。《摄阳随笔》里的《阴翳礼赞》与《怀东京》都是百十页的长篇，却值得一气读完，随处遇见会心的话，在《倚松庵随笔》里有《大阪与大阪人》等一二篇也是如此。《冬天的蝇》内有文十篇，又附录旧稿八篇为一卷曰《墨滓》。卷首有序六行云，

> 讨人厌而长生着的人呀，冬天的蝇。想起晋子的这句诗，就取了书名。假如有人要问这意思，那么我只答说，所收的文章多是这昭和九年冬天起到今年还未立春的时候所写的也。还有什么话说，盖身老矣，但愈益被讨厌耳。乙亥之岁二月，荷风散人识。

谷崎今年才五十，而文中常以老人自居，永井更长七岁，虽亦自称老朽，纸上多愤激之气，往往过于谷崎，老辈中惟户川秋骨可以竞爽，对于伪文明俗社会痛下针砭，若岛崎藤村诸人大抵取缄默的态度，不多管闲事了。《冬天的蝇》的文章我差不多都喜欢，第二篇云《枇杷花》，末云，

震灾后自从银座大街再种柳树的时候起，时势急变，连妓家酒馆的主人也来运动议员候补这种笑话现在想听也听不到了，但是这咖啡馆的店头也时常装饰着穿甲胄的武士土偶，古董店的趸卖广告上也要用什么布珍品之炮列运廉卖之商策这种文句了。

我喜欢记载日常所见闻的世间事件，然而却不欲关于这些试下是非的论断。这因为我自己知道，我的思想与趣味是太辽远地属于过去之废灭的时代也。……

在陋屋的庭园里野菊的花亦既萎谢之后，望着颜色也没有的枇杷花开着，我还是照常反复念那古诗，羁鸟恋旧林，池鱼思故渊。这样地，我这一身便与草木同样地徒然渐以老朽罢。

上文里仿佛可以看出些伤感的气味，其实未必尽然，三年前在《答正宗谷崎二氏的批评》中云，

大正三四年顷，我将题为《日和下驮》的《东京散策记》写完了。我到了穿了日和下驮（晴天屐）去寻访古墓，实在早已不能再立在新文学的先阵了。

所以他这种态度至少可以说是二十年来已是如此，他之

被人讨厌或是讨厌人因此也由来已久，《冬天的蝇》不过是最近的一种表示罢了。前年出版的《荷风随笔》中有《讨厌话》与《关于新闻纸》两篇文章，对于文人记者加以痛骂，在《日和下驮》第一篇中也有很好的一段话，这乃是大正三年（一九一四）所写，

> 日本现在与文化已烂熟了的西洋大陆的社会情形不同，不管资本有无，只要自己想做，可做的事业很不少。招集男女乌合之众，演起戏来，只须加上为了艺术的名号，就会有相当的看客来看，引动乡间中学生的虚荣心，募集投稿，则文学杂志之经营也很容易。借了慈善与教育的美名，迫胁软弱的职业艺员，叫他们廉价出演，一面强售戏券，这样开办起来，可以得到湿手捏小米的大赚头。从富豪的人身攻击起手，渐渐得了凶头子的名望，看到口袋充满的时候巧妙地摇身一变，成为绅士，摆出上流的模样，不久就可做到国会议员。这样看来，要比现在日本可做的事多而且容易的国家恐怕再也没有了。可是，假如有人看不起这样的处世法的，那么他宜自退让，没有别的法子。想要坐市内电车去赶路的人，非有每过车站时不顾什么面子体裁，把人家推开，横冲直撞地蹦上去的蛮勇不可。若是反省自己没有这样蛮勇，那么与其徒然在等候空的电车，还不如去找汽车不经过的小胡

同，或是得免于街道改正之破坏的旧巷，虽然龟步迟迟，还是自己踯躅地去步行吧。在市内走路，本来并不一定要坐市设的电车的，只要忍受些许的迟延，可以悠悠阔步的路现在还是多有。同样地，在现代的生活上也并不一定如不用美洲式的努力主义去做便吃不成饭。只要不起乡下绅士的野心，留了胡子，穿了洋服，去吓傻子，即使身边没有一文积蓄，没有称为友人之共谋者，也没有称为先辈或头领之一种阿谀的对象，还可以经营优游自适的生活的方法并不很少。即使一样去做路边摆摊的小贩，与其留了胡子，穿了洋服，用演说口调作医学的说明，卖莫明其妙的药，我也宁可默然在小胡同的庙会里去烙了小棋子饼卖，或是捏面人儿也罢。

一抄就抄了一大串，我也知道这是不很妥当的。第一，这本不是《冬天的蝇》里边的文章。第二，永井的话在中国恐怕也难免于讨人厌。抄了过来讨人家的不喜欢，我们介绍人对于原作者是很抱歉的事，所以有点惶恐，可是翻过来说，原作者一句句的话说得对不对，我可以不必负责，因为这里并不是在背圣经也。

（六月十五日）

《醉馀随笔》

从友人处得见《国风》杂志，登载洪允祥先生的《悲华经舍杂著》，其一为《醉馀随笔》，据王咏麟氏跋谓系宣统年间在上海时所作。全书才二三十则，多明达之语，如其一云，

> 韩柳并称而柳较精博，一辟佛，一知佛之不可辟也。李杜并称而李较空明，一每饭不忘君，一则篇篇说妇人与酒也。妇人与酒之为好诗料胜所谓君者多矣。

洪君盖学佛者，又性喜酒，故其言如此，虽似稍奇，却亦大有理。韩愈的病在于热中，无论是卫道或干禄，都是一样。谢肇淛《五杂组》卷十三云，

> 今人之教子读书，不过取科第耳，其于立身行己不问也，故子弟往往有登膴仕而贪虐恣睢者，彼其心以为幼之受苦楚政为今日耳，志得意满，不快其欲不

止也。噫，非独今也。韩文公有道之士也，训子之诗有一为公与相潭潭府中居之句，而俗诗之劝世者又有书中自有黄金屋等语，语愈俚而见愈陋矣。

盛大士《朴学斋笔记》卷七云，

明鹿门茅氏论次古文，取唐宋八大家为作文之准的，……而韩之三上宰相应科目与时人诸书颇为识者所訾议，乃独录而存之。

又云，

昌黎与于襄阳书，盛夸其抱不世之才，卷舒不随乎时，文武惟其所用，此真过情之誉也。而曰志存乎立功，事专乎报主，古人有言，请自隗始，又隐然以磊落奇伟之人自命矣。乃云愈今日惟朝夕刍米仆赁之资是急，不过费足下一朝之享而已，又何其志之小也。唐人以文字干谒，贤者亦不以为讳，但昌黎根柢六经传世不朽之作后人不尽选读，而反读其干谒之文，何耶。

讲道统与干谒宰相，我看不出是两件事来，谢盛二公未免所见不广，乃欲强生分别，其实这里边只是一味烦躁，以此气象，达固不是诸葛一流，穷也不是陶一路也。如谢氏言，似歆羡公相亦不甚妨碍其为有道之士，如盛氏言，又似被訾议的干谒文字亦可与根柢六经之作共存共荣，只是后人不要多选读就行。或者韩愈对于圣道的意识正确无疑，故言行不一致照例并不要紧亦未可知。我辈外人不能判断，但由我主观看去总之是满身不快活，辟不辟佛倒还在其次，因为这也只是那烦躁之一种表示耳。关于李杜，不佞虽并不讴歌杜甫之每饭不忘，却不大喜欢李白，觉得他夸，虽然他的绝句我也是喜欢的。这且按下不提，再说洪君的随笔又有一则云，

> 《甲申殉难录》某公诗曰，愧无半策匡时难，只有一死答君恩。天醉曰，没中用人死亦不济事。然则怕死者是欤？天醉曰，要他勿怕死是要他拼命做事，不是要他一死便了事。

此语极精。《颜氏学记》中亦有相似的话，却没有说得这样彻透。近来常听有人提倡文天祥陆秀夫的一死，叫大家要学他，这看值得天醉居士的一棒喝。又一则云，

> 去年游西湖深处，入一破寺，见一僧负锄归，余揖之曰，阶上冬瓜和尚要他何用？僧曰，只是吃的。曰，恐吃不下许多。曰，一顿吃一个饱。曰，和尚也要饱。曰，但求一饱，便是和尚。至今思之，此僧

不俗。

此僧与此居士真都不俗。十多年前曾在北京某处教员休息室中每周与洪君相遇，惜不及共作冬瓜问答，真是失之交臂，至今展读遗语，更觉得真真可惜也。

（六月）

读 禁 书

禁书目的刻板大约始于《咫进斋丛书》，其后有《国粹学报》的排印本，最近有杭州影印本与上海改编索引式本。这代表三个时期，各有作用，一是讲掌故，学术的；二是排满，政治的；三是查考，乃商业的了。在现今第三时期中，我们想买几本旧书看的人于是大吃其亏，有好些明末清初的著作都因为是禁书的缘故价格飞涨，往往一册书平均要卖十元以上，无论心里怎么想要也终于没有法子可以“获得”。果真是好书善本倒也罢了，事实却并不这样，只要是榜上有名的，在旧书目的顶上便标明禁书字样，价钱便特别地贵，如尹会一王锡侯的著述实在都是无聊的东西，不值得去看，何况更花了大钱。话虽如此，好奇心到底都有的，说到禁书谁都想看一看，虽然那蓝胡子的故事可为鉴戒，但也可以知道禁的效力一半还是等于劝。假如不很贵，王锡侯的《字贯》我倒也想买一部，否则想借看一下如是太贵而别人有这部书。至于看了不免多少要失望，则除好书善本外的禁书大抵都不免，我也是预先承认的。近时上海禁书事件发生，大家谈起来都知道，可是《闲话皇帝》一文谁也没有见过，以前不注意，以后禁绝了。听说从前有《闲话扬州》一文激怒了扬州人，闹了一个小问题，那篇闲话我也还不曾见到。这篇闲话因为事情更大了，所以设法去借了一个抄本来，从头至尾用心读了一遍，觉得文章还写得漂亮，此外还是大失望。这是我最近读禁书的一个经验。

不过天下事都有例外。我近日看到明末的一册文集，十足有可禁的程度，然而不是禁书。这书叫作《拜环堂文集》，会稽陶崇道著，即陶石篑石梁的侄子，我所有的只是残本，第五六两卷，内容都是尺牍。从前我翻阅姚刻禁书目，仿佛觉得晚明文章除七子外皆在禁中，何况这陶路甫的文中有许多奴虏字样，其宜全毁明矣，然而重复检查索引式的《禁书总录》，却终未发见他的名字，这真真是大运气吧。虽然他的文集至今也一样地湮没，但在发现的时候头上可以不至于加上标识，定价也不至过高，我们或者还有得到的机会，那么这又可以算是我们读者的运气了。

文集卷四《复杨修翎总督》云，

> 古人以犬羊比夷虏，良有深意。触我啮我则屠之，弭耳乞怜则抚而驯之。

又《与张雨苍都掌科》云，

> 此间从虏中逃归者言，虏张甚，日则分掠，暮则

饱归。为大头目者二，胡妓满帐中，醉后鼓吹为乐。此虽贼奴常态，然非大创势不即去，奈何。

看这两节就该禁了。此外这类文字尚多，直叙当时的情形，很足供今日的参考。最妙的如《答毛帅》（案即毛文龙）云，

> 当奴之初起也，彼密我疏，彼狡我拙，彼合我离，彼捷我钝，种种皆非敌手，及开铁一陷，不言守而言战，不言战而且言剿。正如衰败大户，仍先世馀休，久驾人上，邻居小民见室中虚实，故来挑搆，一不胜而怒目张牙，诧为怪事，必欲尽力惩治之，一举不胜，墙垣户牖尽为摧毁，然后紧闭门扇，面面相觑，各各相讥。此时从颓垣破壁中一人跃起，招摇僮仆，将还击邻居，于是群然色喜，望影纳拜，称为大勇，岂知终是一人之力。

形容尽致，真可绝倒。不过我们再读一遍之后，觉得有点不好单笑明朝人了，仿佛这里还有别的意义，是中国在某一时期的象征，而现今似乎又颇相象了。集中也有别的文章，如《复朱金岳尚书》云，

> 凡人作文字，无首无尾，始不知何以开，后不知

何以阖，此村郎文字也。有首有尾，未曾下笔，便可告人或用某事作开，或用某事作阖，如观旧戏，锣鼓未响，关目先知，此学究文字也。

苏文忠曰，吾文如万斛源泉，不择地而布，行乎不得不行，止乎不得不止。夫所谓万斛也，文忠得而主之者也，不得不行不得不止者，文忠不得而主之者也。识此可以谈文，可以谈兵矣。

作者原意在谈兵，因为朱金岳本来就是兵家，但是这当作谈文看，也说得很有意思。谢章铤《赌棋山庄笔记》云，

窃谓文之未成体者冗剽芜杂，其气不清，桐城诚为对症之药，然桐城言近而境狭，其美亦殆尽矣，而迤逦陵迟，其势将合于时文。

这所说的正是村郎文字与学究文字，那与兵法合的乃是文学之文耳。陶路甫毕竟是石篑石梁的犹子，是懂得文章的，若其谈兵如何，则我是外行，亦不能知其如何也。

（八月十六日）

情书写法

八月三十日北平报载法院复审刘景桂逯明案，有逯明的一节供词极妙，让我把他抄在后边，

> 问，你给她的信内容不明白的地方甚多，以十月二十五日十一月三十日信看来，恐怕你们另有什么计划。
>
> 答，爱情的事，无经验的人是不明白的，普通情书常常写言过其实的肉麻话，不如此写不能有力量。

据报上说逯君正在竭力辩明系女人诱惑男人，却又说出这样的老实话来，未免稍有不利，但对于读者总是很有意思，可感谢的一句话。有经验的人对于无经验的有所指教，都是非常有益的，虽然有时难免戳穿西洋镜，听了令人有点扫兴。恋爱经验与宗教经验战争经验一样地难得，何况又是那样深刻的，以致闹成事件，如世俗称为"桃色惨案"，——顺便说一句，这种名称我最不喜欢，只表示低级趣味与无感情而已，刘荷影

案时有“留得残荷听雨声”的小标题，尤其不愉快。闲话休提，我只说，犯罪就是一种异常的经验，只要是老实地说话，不要为了利害是非而歪曲了去感伤地申诉或英雄地表演，于我们都有倾听的价值。日本有古田大次郎要为同志大杉荣复仇，杀人谋财，又谋刺福田大将未成，被捕判处死刑，不上诉而就死，年二十五，所著有《死之忏悔》，为世人所珍重，其一例也。

逯君关于情书的几句话真可谓苦心之谈，不愧为有经验者。第一，这使人知道怎么写情书。言过其实地说肉麻话，或者觉得不大应该。然而为得要使情书有力量，却非如此不可。这实在是一条兵法，看过去好象有一股冷光，正如一把百炼钢刀，捏在手里，你要克敌制胜，便须得直劈下去。古人云，鸳鸯绣出从君看，莫把金针度与人。今却将杀手拳传授与普天下看官，真可谓难得之至矣。第二，这又使人知道怎么看情书。那些言过其实的肉麻话怎么发落才好？既然知道是为得要有力量而写的，那么这也就容易解决了，打来的一拳无论怎么凶，明白了他的打法，自然也有了解法。有这知识的人看那有本领的所写的情书，正是所谓“灯笼照火把”，相视而笑，莫逆于心，结果是一局和棋。我只挂念，逯君情书的受信人不知当时明白这番道理否？假如知道，那么其力量究竟何如，事件的结果或当如何不同，可惜现在均无从再说也。

我在这里并不真是来讨论情书的写法及其读法，看了那段供词我觉得有趣味的乃因其可以应用于文学上也。窃见文学上写许多言过其实的肉麻话者多矣，今乃知作者都在写情书也。我既知道了这秘密，便于读人家的古今文章大有帮助，虽然于自己写文章没有多少用处，因为我不曾想有什么力量及于别人耳。

（九月）

关于禽言

无闷居士著《广新闻》四卷，有乾隆壬子序，只是普通志异的笔记罢了，卷四却有“家家好”一则云，

> 客某游中峰，时值亢旱，望雨甚切，忽有小鸟数十，黑质白章，喙如凫，鸣曰家家叫化，音了如人语。山中人哗曰，此旱怪也，竞奋枪网捕杀数头。天雨，明日此鸟仍鸣，听之变为家家好家家好矣。

这件故事我看了觉得很有意思，因为第一这是关于旱怪的民俗资料，其次是关于禽言的，这也是我所留意考察的一件事。光绪初年侯官观颒道人著《小演雅》一卷，自称“摭百禽言”，其实也只有七十六项，里边还有可以归并的，有本是鸟声而非鸟言的，结算起来数目恐不很多，不过从来的纪录总以这为最详备了。冯云鹏著《红雪词》乙集卷一中有禽言词二十二首，自序云，

凡作禽言者有诗无词，以古诗可任意为长短句，词多束缚也。予好为苟难，偶采杂记听方言，取鸟音与词音相叶者咏之。词令虽多，有首句不起韵者，有换韵者，有冗长者，揆诸禽言殊不相似，故寥寥也。间有从万红友上入作平处，断不能以去作平平作仄用也，但俚而不文，朴而多讽，如坐桑麻间听齐东野语足矣。

所咏二十二禽言中，有拆鸟窠儿晒，修破屋，叶贵了，锅里麦屑粥，半花半稻，桃花水滴滴等六则皆新出，《小演雅》中亦未见。若家家叫化与家中好则诸书均未见著录，有人欲调查禽言者见之，自当大喜欢也。

晴雨不同的禽音最显著的是鸠鸣。据《埤雅》《尔雅翼》等书说，斑鸠性拙，不能营巢，天将雨即逐其雌，霁则呼而返，故俗语云，天将雨，鸠逐妇。陆廷灿著《南村随笔》卷三《鸠逐妇》条云，

明秦人赵统伯辨鸠逐妇云，乃感天地之雨旸而动其雌雄之情，求好逑也，非逐而去之之谓。

此逐字盖训作现今追逐之逐乎，说虽新颖，似亦未必然。《本草纲目》卷四十九，李时珍曰，

或曰，雄呼晴，雌呼雨。

所说稍胜，只是尚未能证明，但晴雨时鸣声不同则系事实耳。《田家杂占》云，

鸠鸣有还声者谓之呼妇，主晴，无还声者谓之逐妇，主雨。

吾乡称斑鸠曰野鹁鸪，又称步姑，钱沃臣著《蓬岛樵歌》注云，“俗谑善愁者曰鹁鸪”，宁绍风俗相同，盖均状其拙。鸣声有两种，在雨前曰渴杀鸪，或略长则曰渴杀者鸪，雨后曰挂挂红灯，此即所谓有还声者也。范寅著《越谚》卷上翻译禽音之谚第十五，共列十条，鸠亦在焉，分注曰呼雨呼晴，家家好虽不知是何等山禽，大约也是这类的东西吧。

《越谚》所举十条除鸠燕而外惟姑恶鸟之姑恶，猫头鹰之掘注系常闻的禽音，馀均转录不足取，如寒号虫尤近于志怪了。燕在诗文中虽常称“语”，但向来不列入禽言，《小演雅》列“意而”一条，亦有道理，却别无意趣，越中小儿以方言替代燕子说话云，

弗借侸乃盐，弗借侸乃醋，只要侸乃高堂大屋让我住住。

倍乃即你们的，只要二字合音。寥寥数语，却能显出梁上呢喃之趣，且又表出此狷洁自好的小鸟的精神，自成一首好禽言，在文人集子里且难找得出也。

禽言亦有出自田夫野老者，惟大半系文士所定，故多田园诗气味，殊少有能反映出民间苦辛的。姑恶自东坡以来即传说妇以姑虐死，故其声云，可谓例外，是真能对于礼教的古井投一颗小石子的了。陆放翁《夜闻姑恶》诗虽非拟禽言，却是最好的一篇，难得能传出有许多幽怨而仍不能说之情也。又有婆饼焦者，《蓬岛樵歌》续编注云，

> 俗传幼儿失怙恃，养于祖母，岁饥不能得食，儿啼甚，祖母作泥饼煨于火绐之，乃自经，而儿不知也，相继饿毙，化为此鸟，故其声如此。《情史》又云，人有远戍者，其妇从山头望之，化为鸟，时烹饼将为饷，使其子侦之，恐其焦不可食也，往见其母化此物，但呼婆饼焦也。

梅尧臣《四禽言》云，

> 婆饼焦，儿不食。尔父向何之，尔母山头化为石。山头化石可奈何，遂作微禽啼不息。

可见宋时已有此故事，与《情史》所说相近，但俗传却更能说明婆饼焦的意义，而亦更有悲哀的土气息泥滋味也。婆饼焦的叫声我不曾听见过，只在北平初夏常听到一种叫声，音叫Hupopo，大约也是布谷之类，本地人就称之曰煳饽饽，正是很好的禽言，不必是婆饼焦，也可以算是同一类的罢。

廿四年九月七日，于北平。

谈油炸鬼

刘廷玑著《在园杂志》卷一有一条云，

> 东坡云，谪居黄州五年，今日北行，岸上闻骡驮铎声，意亦欣然。铎声何足欣，盖久不闻而今得闻也。昌黎诗，照壁喜见蝎。蝎无可喜，盖久不见而今得见也。予由浙东观察副使奉命引见，渡黄河至王家营，见草棚下挂油炸鬼数枚。制以盐水和面，扭作两股如粗绳，长五六寸，于热油中炸成黄色，味颇佳，俗名油炸鬼。予即于马上取一枚啖之，路人及同行者无不匿笑，意以为如此鞍马仪从而乃自取自啖此物耶。殊不知予离京城赴浙省今十七年矣，一见河北风味不觉狂喜，不能自持，似与韩苏二公之意暗合也。

在园的意思我们可以了解，但说黄河以北才有油炸鬼却并不是事实。江南到处都有，绍兴在东南海滨，市中无不有麻花摊，叫卖麻花烧饼者不绝于道。范寅著《越谚》卷中饮食

门云，

> 麻花，即油炸桧，迄今代远，恨磨业者省工无头脸，名此。

案此言系油炸秦桧之，殆是望文生义，至同一癸音而曰鬼曰桧，则由南北语异，绍兴读鬼若举不若癸也。中国近世有馒头，其缘起说亦怪异，与油炸鬼相类，但此只是传说罢了。朝鲜权宁世编《支那四声字典》，第一七五Kuo字项下注云，

> 馃（Kuo），正音。油馃子，小麦粉和鸡蛋，油煎拉长的点心。油炸馃，同上。但此一语北京人悉读作Kuei音，正音则惟乡下人用之。

此说甚通，鬼桧二读盖即由馃转出。明王思任著《谑庵文饭小品》卷三《游满井记》中云，

> 卖饮食者邀诃好火烧，好酒，好大饭，好果子。

所云果子即油馃子，并不是频婆林禽之流，谑庵于此多用土话，邀诃亦即吆喝，作平声读也。

乡间制麻花不曰店而曰摊，盖大抵简陋，只两高凳架木板，于其上和面搓条，傍一炉可烙烧饼，一油锅炸麻花，徒弟

用长竹筷翻弄，择其黄熟者夹置铁丝笼中，有客来买时便用竹丝穿了打结递给他。做麻花的手执一小木棍，用以摊赶湿面，却时时空敲木板，的答有声调，此为麻花摊的一种特色，可以代呼声，告诉人家正在开淘有火热麻花吃也。麻花摊在早晨也兼卖粥，米粒少而汁厚，或谓其加小粉，亦未知真假。平常粥价一碗三文，麻花一股二文，客取麻花折断放碗内，令盛粥其上，如《板桥家书》所说，“双手捧碗缩颈而啜之，霜晨雪早，得此周身俱暖”，代价一共只要五文钱，名曰麻花粥。又有花十二文买一包蒸羊，用鲜荷叶包了拿来，放在热粥底下，略加盐花，别有风味，名曰羊肉粥，然而价增两倍，已不是寻常百姓的吃法了。

麻花摊兼做烧饼，贴炉内烤之，俗称洞里火烧。小时候曾见一种似麻花单股而细，名曰油龙，又以小块面油炸，任其自成奇形，名曰油老鼠，皆小儿食品，价各一文，辛亥年回乡便都已不见了。面条交错作“八结”形者曰巧果，二条缠圆木上如藤蔓，炸熟木自脱去，名曰倭缠。其最简单者两股稍粗，互扭如绳，长约寸许，一文一个，名油馓子。以上各物《越谚》皆失载，孙伯龙著《南通方言疏证》卷四释小食中有馓子一项，注云，

> 《州志》方言，馓子，油炸环饼也。

又引《丹铅总录》等云寒具今云曰馓子。寒具是什么东

西，我从前不大清楚。据《庶物异名疏》云，

林洪《清供》云，寒具捻头也，以糯米粉和面麻油煎成，以糖食。据此乃油腻粘胶之物，故客有食寒具不濯手而污桓玄之书画者。

看这情形岂非是蜜供一类的物事乎？刘禹锡寒具诗乃云，

纤手搓来玉数寻，碧油煎出嫩黄深，夜来春睡无轻重，压扁佳人缠臂金。

诗并不佳，取其颇能描写出寒具的模样，大抵形如北京西域斋制的奶油镯子，却用油煎一下罢了，至于和靖后人所说外面搽糖的或系另一做法，若是那么粘胶的东西，刘君恐亦未必如此说也。《和名类聚抄》引古字书云，“糫饼，形如葛藤者也，”则与倭缠颇相象，巧果油馓子又与“结果”及“捻头”近似，盖此皆寒具之一，名字因形而异，前诗所咏只是似环的那一种耳。麻花摊所制各物殆多系寒具之遗，在今日亦是最平民化的食物，因为到处皆有的缘故，不见得会令人引起乡思，我只感慨为什么为著述家所舍弃，那样地不见经传。刘在园范啸风二君之记及油炸鬼真可以说是豪杰之士，我还想费些功夫翻阅近代笔记，看看有没有别的记录，只怕大家太热心于载道，无暇做这“玩物丧志”的勾当也。

附记

尤侗著《艮斋续说》卷八云，“东坡云，谪居黄州五年，今日北行，岸上闻骡驮铎声，意亦欣然，盖不闻此声久矣。韩退之诗，照壁喜见蝎。此语真不虚也。予谓二老终是宦情中热，不忘长安之梦，若我久卧江湖，鱼鸟为侣，骡马鞭铎耳所厌闻，何如欸乃一声耶。京邸多蝎，至今谈虎色变，不意退之喜之如此，蝎且不避而况于臭虫乎。”西堂此语别有理解。东坡蜀人何乐北归，退之生于昌黎，喜蝎或有可原，惟此公大热中，故亦令人疑其非是乡情而实由于宦情耳。

廿四年十月七日记于北平。

补记

张林西著《琐事闲录》正续各两卷，咸丰年刊。续编卷上有关于油炸鬼的一则云，

> 油炸条面类如寒具，南北各省均食此点心，或呼果子，或呼为油胚，豫省又呼为麻糖，为油馍，即都中之油炸鬼也。鬼字不知当作何字。长晴岩观察臻云，应作桧字，当日秦桧既死，百姓怒不能释，因以面肖形炸而食之，日久其形渐脱，其音渐转，所以名

为油炸鬼，语亦近似。

案此种传说各地多有，小时候曾听老妪们说过，今却出于旗员口中觉得更有意思耳。个人的意思则愿作“鬼”字解，稍有奇趣，若有所怨恨乃以面肖形炸而食之，此种民族性殊不足嘉尚也。秦长脚即极恶，总比刘豫张邦昌以及张弘范较胜一筹罢，未闻有人炸吃诸人，何也？我想这骂秦桧的风气是从《说岳》及其戏文里出来的。士大夫论人物，骂秦桧也骂韩侂胄，更是可笑的事，这可见中国读书人之无是非也。

廿四年十二月廿八日补记。

儿时的回忆

舒白香著《游山日记》卷二，嘉庆九年六月辛巳（二十四日）项下有一节云，

> 予三五岁时最愚。夜中见星斗阑干，去人不远，辄欲以竹竿击落一星代灯烛。于是乘屋而叠几，手长竿，撞星不得，则反仆于屋，折二齿焉。幸犹未龀，不致终废啸歌也。又尝随先太恭人出城饮某淑人园亭，始得见郊外平远处天与地合，不觉大喜而哗，诫御者鞭马疾驰至天尽头处，试扪之当异常石，然后旋车饭某氏未迟。太恭人怒且笑曰，痴儿，携汝未周岁自江西来，行万里矣，犹不知天尽何处，乃欲扪天赴席耶。予今者仅居此峰，去人间不及万丈，顾已沾沾焉自炫其高，其愚亦正与孩时等耳。随笔自广，以博一笑。

这一段小文写得很有意思，而且也难得，因为中国看不起小孩，所以文学中写儿童生活的向来不大有。宋赵与时著《宾

退录》卷六记路德延处朱友谦幕，作《孩儿诗》五十韵，有数联云，

寻蛛穷屋瓦，采雀遍楼椽。
匿窗肩乍曲，遮路臂相连。
竞指云生岫，齐呼月上天。
忽升邻舍树，偷上后池船。

描写小孩嬉游情形颇妙，赵君亦称之曰，书毕回思少小嬉戏之时恍如昨日，但仍要说路作此诗“以讥友谦”，至于原诗本不见讽刺之迹，不过末联云：明时方在德，戒尔减狂颠，亦总未免落套。白香记其孩时事，却又要说到现今之愚，其未能脱窠臼正相同也。

近来得见“扁舟子自记履历”一本，系吾乡范啸风先生自著年谱手稿，记道光十年庚寅至光绪二十年甲午凡六十五年间事。啸风名寅，同治癸酉科副榜，著《越谚》五卷行于世，其行事多奇特，我在重印《越谚》跋中略有说及。年谱所记事不必尽奇而文殊妙，多用方言俗字，惜后半太略，但其特别可取者亦在所叙儿时琐事，大抵在别家年谱中所很难找到也。道光年纪事中云，

十二年壬辰，三岁。春，出天花而麻。

祖父母父母尝谓予曰，尔出天花，患惊数昼夜，祖父请有名痘医孙旸谷先生留家不肯放归。刺鸡冠，割羊尾，搓桑蚕，皆祖父母亲手安排，迨毒食吃足而痘见点。迨灌浆，痒而要搔，母亲日夕不眠而管视予手，卒至于麻，亦天数也。

十三年癸巳，四岁。发野性，啼号匍匐遍宅第。

是春之暮，天气翻潮，地润。领予之工妇张姓者故逆吾意，吾啼，而张妇益逆之，遂赖地匍匐于堂中，西入式二婶廊下门，由庶曾祖母房历其灶间侧楼下而入叔祖母房中之卧榻下。父母祖父母皆惊霍失措，惟祖父疑予患痧腹痛，而给予出床下，以通关散入鼻喷嚏，啼乃止。手足衣面皆涂黑如炭，又皆笑之。

二十年庚子，十一岁。庭训。戏学著书。

是岁之夏全家多病悔，惟馀无恙。先君子初患类疟，既而成三阴疟，自夏徂秋，至冬未愈，遂荒读。馀搜药纸作小本，与诸弟及堂弟仰泉沈氏表弟伯卿辈嬉戏濡笔，涂于药纸小本上曰，某年月日，父病，化三阴疟。某月日，兄病伤寒，十四日身凉，发顶结如饼，剃匠百有用搅刀割通而梳之，又蜕发，其辫如钻。

年谱中又常记所见异物，有一则系在儿时，

十四年甲子，五岁。入塾读书。见雷神。

是年学村童骂人，大姊恐之曰，雷将击尔，可骂人乎。奇龄弟亦同骂人。一日雷电交作，大姊扯余及弟同跪于堂阶上朝南，而霹雳至，大姊逃入廊下，奇龄弟亦惊啼而逃入。予跪而独见雷电之神果随霹雳由西厅栋而来，先一神瘦长，锐头毛脸，细脚，两翼联腋间，随声跳跃。余南面而跪，彼北面而来，至中厅檐间即转身向东南栋逃出而去。又一声霹雳，如前神而稍肥矮者跳跃来往均如之。予大呼姊来同视，而姊掩耳不闻。迨父母出来，起予跪而告之，父母皆谓我荒诞云。

此外记所见尚有两次，一为道光三十年庚戌二十一岁时，云七月见两头蛇于灶，一为咸丰二年壬子二十三岁在安徽颍州府署，云十二月夜见反案鬼于书斋花坞。据说蛇类中原有首尾相似者，两头蛇之谜不难解，惟反案鬼不知是何状，查《越谚》卷中鬼怪类虽有大头鬼独脚魈等十几种，却不见有反案鬼，我自己回想小时候所闻见的各式鬼怪也想不起这一种来，觉得很是可惜。难道这是颍州地方所特有的么？仔细的想又似乎未必然。

我最初还是在日本书中见到描画儿童生活的诗文。我喜欢俳谐寺一茶的文集《俺的春天》，曾经抄译过几节。维新以后有坂本文泉子的《如梦》一卷，用了子规派的写生文纪述儿时情景，共九章，明治四十二年（一九〇九）印成单行本，现在却早绝板了。二十多年前在三田小店买来的红布面小本至今常放在案头，读了总觉得喜欢，可是还不敢动笔译述。同一年出板的有森鸥外的小说*Vita Sexualis*可译称《性的生活》，初出即被禁止发卖，但是近年已解禁，各选集及全集里都已收入了。我在当时托了原杂志发行所的一位伙计设法找到一册，花了一块半钱，超过了原价六倍。我译了一部分登在《北新》半月刊上，后来看看举世谈风化名教要紧了，这工作就停止，其中记六岁至十岁时的几节事情，想要选抄一段在这里，也踌躇再四而罢。为什么呢？这一时说不清楚，我们也可以说，此只是儿童生活之一侧面，可暂缓议吧。不过，春之觉醒问题侵入文艺及教育实在是极当然的，就只是我们还没有理解和接受这个的雅量而已。

外国文学里写儿童生活的很多，挂一漏万，且不说吧。当代文人的作品不曾调查，亦未能详。上边只是看到想到，随便谈谈罢了。我只愿意听人家讲点小时候的故事，自然是愈讲得好愈好，至于我自己则儿时并无什么可回忆也。

补记

今日阅范君遗稿，在《墨妙亭诗稿》第一卷纪事类中见有七言古诗一首，题曰“两头蛇，并记”。记文云，

道光卅年庚戌，六月廿有一日午时，家人摊饭，

爨妇浣衣，予独以事诣厨。闻灶上瑟缩声，视之，一小蛇，长约五寸，有彳亍跛蹇状，谛视之乃两头蛇也。久而一头入石缝，一头留外视我，遂欲斩，恐鳖寻器，被爨妇诘知之，家人咸起视。予曰，避之，莫汝毒也，我将杀以埋。慈亲向敬神仁物，谓曰，尔独见，吾疑焉，问神而信则从，否则止。卜之而非。予急欲斩之，此蛇复从石缝出，忽变大蛇，长丈许，向西北去，真怪事也。诗以纪之。

诗不大佳，今未录，惟首句“两头蛇，蛇两头”下有注云，

《续博物志》卷九载，两头蛇马鳖食牛血所化。《尔雅·释地》五方，中有枳首蛇焉。注，歧头蛇也，或曰，今江东呼两头蛇为越王约发，亦名弩弦。疏，此即两头蛇也。然则歧头两头皆并头之谓，此则尾亦为头。

此一节可以补年谱之阙，只可惜关于反案鬼还是找不到材料，诗稿中也有几首是在颍州时所作，却并没有说到该鬼的事。年谱说见两头蛇在七月，诗稿则云六月二十一日，想应当以诗稿为可信也。

廿四年十月十六日记。

畏天悯人

刘熙载著《艺概》卷一文概中有一则云，

> 畏天悯人四字见文中子《周公篇》，盖论《易》也。今读《中说》全书，觉其心法皆不出此意。

查《中说》卷四云，

> 文中子曰，《易》之忧患，业业焉，孜孜焉，其畏天悯人，思及时而动乎。

关于《周易》我是老实不懂，没有什么话说，《中说》约略翻过一遍，看不出好处来，其步趋《论语》的地方尤其讨厌，据我看来，文中子这人远不及王无功有意思。但是上边的一句话我觉得很喜欢，虽然是断章取义的，意义并不一样。

天就是“自然”。生物的自然之道是弱肉强食，适者生存。河里活着鱼虾虫豸，忽然水干了，多少万的生物立即枯死。自然是毫无感情的，《老子》称之曰天地不仁。人这生物本来也受着这种支配，可是他要不安分地去想，想出不自然的仁义来。仁义有什么不好，这是很合于理想的，只是苦于不能与事实相合。不相信仁义的有福了，他可以老实地去做一只健全的生物。相信的以为仁义即天道，也可以圣徒似地闭了眼祷告着过一生，这种人虽然未必多有。许多的人看清楚了事实却又不能抛弃理想，于是惟有烦闷。这有两条不同的路，但觉得同样地可怜。一是没有法。正如巴斯加耳说过，他受了自然的残害，一点都不能抵抗，可是他知道如此，而“自然”无知，只此他是胜过自然了。二是有法，即信自然是有知的。他也看见事实打坏了理想，却幻想这是自然用了别一方式去把理想实现了。说来虽似可笑，然而滔滔者天下皆是也，我们随便翻书，便可随时找出例子来。

最显明的例是讲报应。元来因果是极平常的事，正如药苦糖甜，由于本质，或杀人偿命，欠债还钱，是法律上所规定，当然要执行的。但所谓报应则不然。这是在世间并未执行，却由别一势力在另一时地补行之，盖是弱者之一种愿望也。前读笔记，见此类纪事很以为怪，曾云，

> 我真觉得奇怪，何以中国文人这样喜欢讲那一套老话，如甘蔗滓的一嚼再嚼，还有那么好的滋味。最显著的一例是关于所谓逆妇变猪这类的记事。在阮元的《广陵诗事》卷九中有这样的一则云云。阮云台本

非俗物，于考据词章之学也有成就，乃喜纪录此等恶滥故事，殊不可解。

近日读郝懿行的诗文随笔，此君文章学识均为我所钦敬，乃其笔录中亦常未能免俗。又袁小修日记上海新印本出版，比所藏旧本多两卷，重阅一过，发见其中谈报应的亦颇不少，而且多不高明。因此乃叹此事大难，向来乱读杂书，见关于此等事思想较清楚者只有清朝无名的两人，即汉军刘玉书四川王侃耳。若大多数的人则往往有两个世界，前世造了孽，所以在这世无端地挨了一顿屁股或其他，这世作了恶，再拖延到死后去下地狱，这样一来，世间种种疑难杂事大抵也就可以解决了。

从报应思想反映出几件事情来。一是人生的矛盾。理想是仁义，而事实乃是弱肉强食。强者口说仁义，却仍吃着肉。皇帝的事情是不敢说的了，武人官吏土豪流贼的无法无天怎么解说呢？这只能归诸报应，无论是这班杀人者将来去受报也好，或者被杀的本来都是来受报的也好，总之这矛盾就搪塞过去了。二是社会的缺陷。有许多恶事，在政治清明法律完备的国家大抵随即查办，用不着费阴司判官的心的，但是在乱世便不可能，大家只好等候侠客义贼或是阎罗老子来替他们出气，所以我颇疑《水浒传》《果报录》的盛行即是中国社会混乱的一种证据。可是也有在法律上不成大问题的，文人看了很觉得可恶，大有欲得而甘心之意，也就在他笔下去办他一下，那自然更是无聊，这里所反映出来的乃只是道学家的脾气罢了。

甘熙著《白下琐言》卷三有一则云："正阳门外有地不生青草，为方正学先生受刑处。午门内正殿堤石上有一凹，雨后拭之血痕宛然，亦传为草诏时齿血所溅。盖忠义之气融结宇宙间，历久不磨，可与黄公祠血影石并传。"这类的文字我总读了愀然不乐。孟德斯鸠临终有言，据严几道说，帝力之大如吾力之为微。人不承认自己的微，硬要说得阔气，这是很可悲的事。如上边所说，河水干了，几千万的鱼虾虫豸一齐枯死。一场恶战，三军覆没，一场株连，十族夷灭，死者以万千计。此在人事上自当看作一大变故，在自然上与前者事同一律，天地未必为变色，宇宙亦未必为震动也。河水不长则陆草生焉，水长复为小河，生物亦生长如故，战场及午门以至弼教坊亦然，土花石晕不改故常，方正学虽有忠义之气，岂能染污自然尺寸哉。俗人不悲方君的白死，宜早早湮没藉以慰安之，乃反为此等曲说，正如茅山道士讳虎噬为飞升，称被杀曰兵解，弥复可笑矣。曾读英国某人文云，世俗确信公理必得最后胜利，此不尽然，在教派中有先屈后伸者，盖因压迫者稍有所顾忌，芟夷不力之故，古来有若干宗派确被灭尽，遂无复孑遗。此铁冷的事实正纪录着自然的真相，世人不察，却要歪曲了来说，天让正人义士被杀了，还很爱护他，留下血迹以示褒扬。倘若真是如此，这也太好笑，岂不与猎师在客座墙上所嵌的一个鹿头相同了么？王彦章曰，豹死留皮，人死留名。豹的一生在长林丰草间，及为虎咬蛇吞，便干脆了事，不幸而死于猎户之手，多留下一张皮毛为贵人作坐垫，此正是豹之"兽耻"也。彦章武夫，不妨随便说，若明达之士应知其非。闻有法国诗人微尼氏曾作一诗曰《狼之死》，有画廊派哲人之风，是殆可谓的当的人生观欤。

附记

年纪大起来了，觉得应该能够写出一点冲淡的文章来吧。如今反而写得那么剑拔弩张，自己固然不中意，又怕看官们也不喜欢，更是过意不去。

十月三日记。

入厕读书

郝懿行著《晒书堂笔录》卷四有《入厕读书》一条云，

> 旧传有妇人笃奉佛经，虽入厕时亦讽诵不辍，后得善果而竟卒于厕，传以为戒，虽出释氏教人之言，未必可信，然亦足见污秽之区，非讽诵所宜也。《归田录》载钱思公言平生好读书，坐则读经史，卧则读小说，上厕则阅小词，谢希深亦言宋公垂每走厕必挟书以往，讽诵之声琅然闻于远近。余读而笑之，入厕脱裤，手又携卷，非惟太亵，亦苦甚忙，人即笃学，何至乃尔耶。至欧公谓希深言平生所作文章多在三上，乃马上枕上厕上也，盖惟此尤可以属思尔，此语却妙，妙在亲切不浮也。

郝君的文章写得很有意思，但是我稍有异议，因为我是颇赞成厕上看书的。小时候听祖父说，北京的跟班有一句口诀云，老爷吃饭快，小的拉矢快，跟班的话里含有一种讨便宜的意思，恐怕也是事实。一个人上厕的时间本来难以一定，但总未必很短，而且这与吃饭不同，无论时间怎么短总觉得这是白费的，想方法要来利用他一下。如吾乡老百姓上茅坑时多顺便喝一筒旱烟，或者有人在河沿石磴下淘米洗衣，或有人挑担走过，又可以高声谈话，说这米几个铜钱一升或是到什么地方去。读书，这无非是喝旱烟的意思罢了。

话虽如此，有些地方元来也只好喝旱烟，于读书是不大相宜的。上文所说浙江某处一带沿河的茅坑，是其一。从前在南京曾经寄寓在一个湖南朋友的书店里，这位朋友姓刘，我从赵伯先那边认识了他，那年有乡试，他在花牌楼附近开了一家书店，我患病住在学堂里很不舒服，他就叫我住到他那里去，替我煮药煮粥，招呼考相公卖书，暗地还要运动革命，他的精神实在是很可佩服的。我睡在柜台里面书架子的背后，吃药喝粥都在那里，可是便所却在门外，要走出店门，走过一两家门面，一块空地的墙根的垃圾堆上。到那地方去我甚以为苦，这一半固然由于生病走不动，就是在康健时也总未必愿意去的，是其二。民国八年夏我到日本日向去访友，住在一个名叫木城的山村里，那里的便所虽然同普通一样上边有屋顶，周围有板壁门窗，但是他同住房离开有十来丈远，孤立田间，晚间要提了灯笼去，下雨还得撑伞，而那里雨又似乎特别多，我住了五天总有四天是下雨，是其三。末了是北京的那种茅厕，只有一个坑两垛砖头，雨淋风吹日晒全不管。去年往定州访伏园，那里的茅厕是琉球式的，人在岸上，猪在坑中，猪咕咕的叫，不习惯的人难免要害怕，哪有工夫看什么书，是其四。《语林》云，石崇厕有绛纱帐大床，茵蓐甚丽，两婢持锦香囊，这又是太阔气了，也不适宜。其实我的意思是很简单的，只要有屋顶，有墙有窗有门，晚上可以点灯，没有电灯就点白蜡烛亦可，离住房不妨有二三十步，虽然也要用雨伞，好在北方不大下雨。如有这样的厕所，那么上厕时随意带本书去读读我想倒还是呒啥的吧。

谷崎润一郎著《摄阳随笔》中有一篇《阴翳礼赞》，第二节说到日本建筑的厕所的好处。在京都奈良的寺院里，厕所都是旧式的，阴暗而扫除清洁，设在闻得到绿叶的气味青苔的气味的草木丛中，与住房隔离，有板廊相通。蹲在这阴暗光线之中，受着微明的纸障的反射，耽于瞑想，或望着窗外院中的景色，这种感觉真是说不出地好。他又说，

> 我重复地说，这里须得有某种程度的阴暗，彻底的清洁，连蚊子的呻吟声也听得清楚地寂静，都是必须的条件。我很喜欢在这样的厕所里听萧萧地下着的雨声。特别在关东的厕所，靠着地板装有细长的扫出尘土的小窗，所以那从屋檐或树叶上滴下来的雨点，洗了石灯笼的脚，润了跕脚石上的苔，幽幽地沁到土里去的雨声，更能够近身地听到。实在这厕所是宜于虫声，宜于鸟声，亦复宜于月夜，要赏识四季随时的物情之最相适的地方，恐怕古来的俳人曾从此处得到

过无数的题材吧。这样看来，那么说日本建筑之中最是造得风流的是厕所，也没有什么不可。

谷崎压根儿是个诗人，所以说得那么好，或者也就有点华饰，不过这也只是在文字上，意思却是不错的。日本在近古的战国时代前后，文化的保存与创造差不多全在五山的寺院里，这使得风气一变，如由工笔的院画转为水墨的枯木竹石，建筑自然也是如此，而茶室为之代表，厕之风流化正其馀波也。

佛教徒似乎对于厕所向来很是讲究。偶读大小乘戒律，觉得印度先贤十分周密地注意于人生各方面，非常佩服，即以入厕一事而论，后汉译《大比丘三千威仪》下列举“至舍后者有二十五事”，宋译《萨婆多部毗尼摩得勒伽》六自“云何下风”至“云何筹草”凡十三条，唐义净著《南海寄归内法传》二有第十八“便利之事”一章，都有详细的规定，有的是很严肃而幽默，读了忍不住五体投地。我们又看《水浒传》鲁智深做过菜头之后还可以升为净头，可见中国寺里在古时候也还是注意此事的。但是，至少在现今这总是不然了，民国十年我在西山养过半年病，住在碧云寺的十方堂里，各处走到，不见略略象样的厕所，只如在《山中杂信》五所说，

我的行踪近来已经推广到东边的水泉。这地方确是还好，我于每天清早没有游客的时候去徜徉一会，赏鉴那山水之美。只可惜不大干净，路上很多气

味，——因为陈列着许多《本草》上的所谓人中黄。
我想中国真是一个奇妙的国，在那里人们不容易得着
营养料，也没有方法处置他们的排泄物。

在这种情形之下，中国寺院有普通厕所已经是大好了，想去找可以瞑想或读书的地方如何可得。出家人那么拆烂污，难怪白衣矣。

但是假如有干净的厕所，上厕时看点书却还是可以的，想作文则可不必。书也无须分好经史子集，随便看看都成。我有一个常例，便是不拿善本或难懂的书去，虽然看文法书也是寻常。据我的经验，看随笔一类最好，顶不行的是小说。至于朗诵，我们现在不读八大家文，自然可以无须了。

（十月）

《隅田川两岸一览》

我有一种嗜好。说到嗜好平常总没有什么好意思，最普通的便是抽鸦片烟，或很风流地称之曰“与芙蓉城主结不解缘”。这种风流我是没有。此外有酒，以及茶，也都算是嗜好。我从前曾经写过一两篇关于酒的文章，仿佛是懂得酒味道似的，其实也未必。民十以后医生叫我喝酒，就每天用量杯喝一点，讲到我的量那是只有绍兴半斤，曾同故王品青君比赛过，三和居的一斤黄酒两人分喝，便醺醺大醉了。今年又因医生的话而停止喝酒，到了停止之后我乃恍然大悟自己本来不是喝酒的人，因为不喝也就算了，见了酒并不觉得馋。由是可知我是不知道酒的，以前喜欢谈喝酒还有点近于伪恶。至于茶，当然是每日都喝的，正如别人一样。不过这在我也当然不全一样，因为我不合有苦茶庵的别号，更不合在打油诗里有了一句“且到寒斋吃苦茶”，以至为普天下志士所指目，公认为中国茶人的魁首。这是我自己招来的笔祸，现在也不必呼冤叫屈，但如要就事实来说，却亦有可以说明的地方。我从小学上了绍兴贫家的习惯，不知道喝“撮泡茶”，只从茶缸里倒了一点茶汁，再羼上温的或冷的白开水，骨都骨都地咽下去。这大约不是喝茶法的正宗吧？夏天常喝青蒿汤，并不感觉什么不满意，我想柳芽茶大抵也是可以喝的。实在我虽然知道茶肆的香片与龙井之别，恐怕柳叶茶叶的味道我不见得辨得出，大约只是从习惯上要求一点苦味就算数了。现在每天总吃一壶绿茶，用一角钱一两的龙井或本山，约须叶二钱五分，计值银二分五厘，在北平核作铜元七大枚，说奢侈固然够不上，说嗜好也似乎有点可笑，盖如投八大枚买四个烧饼吃是极寻常事，用不着什么考究者也。

以上所说都是吃的，还有看的或听的呢？一九〇六年以后我就没有看过旧戏，电影也有十年不看了。中西音乐都不懂，不敢说有所好恶。书画古董随便看看，但是跑到陈列所去既怕麻烦，自己买又少这笔钱，也就没有可看，所有的几张字画都只是二三师友的墨迹，古董虽号称有“一架”，实亦不过几个六朝明器的小土偶和好些耍货而已。据尤西堂在《艮斋杂说》卷四说，

> 古人癖好有极可笑者。蔡君谟嗜茶，老病不能饮，则烹而玩之。吕行甫好墨而不能书，则时磨而小啜之。东坡亦云，吾有佳墨七十丸，而犹求取不已，不近愚耶。近时周栎园藏墨千铤，作祭墨诗，不知身后竟归谁何。子不磨墨，墨当磨子。此阮孚有一生几两屐之叹也。

这种风致惟古人能有，我们凡夫岂可并论，那么自以为有癖好其实亦是僭妄虚无的事，即使对于某事物稍有偏向，正如行人见路上少妇或要多看一眼，亦本是人情之自然，未必便可自比于好色之君子也。

说到这里，上文所云我有一种嗜好的话几乎须得取消了，但既是写下了也就不好那么一笔勾消，所以还只得接着讲下去。所谓嗜好到底是什么呢？这是极平常的一件事，便是喜欢找点书看罢了。看书真是平常小事，不过我又有点小小不同，因为架上所有的旧书固然也拿出来翻阅或检查，我所喜欢的是能够得到新书，不论古今中外新刊旧印，凡是我觉得值得一看的，拿到手时很有一种愉快，古人诗云，老见异书犹眼明，或者可以说明这个意思。天下异书多矣，只要有钱本来无妨"每天一种"，然而这又不可能，让步到每周每旬，还是不能一定办到，结果是愈久等愈希罕，好象吃铜槌饭者（铜槌者铜锣的槌也，乡间称一日两餐曰扁担饭，一餐则云铜槌饭），捏起饭碗自然更显出加倍的馋痨，虽然知道有旁人笑话也都管不得了。

我近来得到的一部书，共三大册，每册八大页，不过一刻钟可以都看完了，但是我却很喜欢。这书名为《绘本隅田川两岸一览》，葛饰北斋画，每页题有狂歌两首或三首，前面有狂歌师壶十楼成安序，原本据说在文化三年（一八〇六）出板，去今才百三十年，可是现在十分珍贵难得，我所有的大正六年

（一九一七）风俗绘卷图画刊行会重刻本，木板着色和纸，如不去和原本比较可以说是印得够精工的了，旧书店的卖价是日金五圆也。北斋画谱的重刻本也曾买了几种，大抵是墨印或单彩，这一种要算最好。卷末有刊行会的跋语，大约是久保田米斋的手笔，有云，

此书不单是描写蘸影于隅田川的桥梁树林堂塔等物，并仔细描画人间四时的行乐，所以亦可当作一种江户年中行事绘卷看，当时风习跃然现于纸上。且其图画中并无如散见于北斋晚年作品上的那些夸张与奇癖，故即在北斋所挥洒的许多绘本之中亦可算作优秀的佳作之一。

永井荷风著《江户艺术论》第三篇论“浮世绘之山水画与江户名所”，以北斋广重二家为主，讲到北斋的这种绘本也有同样的批评，

看此类绘本中最佳胜的《隅田川两岸一览》，可以窥知北斋夙长于写生之技，又其戏作者的观察亦甚为锐敏。而且在此时的北斋画中，后来大成时代所常使我们感到不满之支那画的感化未甚显著，是很可喜的事。如《富岳三十六景》及《诸国瀑布巡览》，其设色与布局均极佳妙，是足使北斋不朽的杰作，但其

船舶其人物树木家屋屋瓦等不知怎地都令人感到支那风的情趣。例如东都骏河台之图，佃岛之图，或武州多摩州之图，一见觉得不象日本的样子。《隅田川两岸一览》却正相反，虽然其笔力有未能完全自在处，但其对于文化初年江户之忠实的写生颇能使我们如所期望地感触到都会的情调。

又说明其图画的内容云，

书共三卷，其画面恰如展开绘卷似地从上卷至下卷连续地将四时的隅田川两岸的风光收入一览。开卷第一出现的光景乃是高轮的天亮。孤寂地将斗篷裹身的马上旅人的后边，跟着戴了同样的笠的几个行人，互相前后地走过站着斟茶女郎的茶店门口。茶店的芦帘不知道有多少家地沿着海岸接连下去，成为半圆形，一望不断，远远地在港口的波上有一只带着正月的松枝装饰的大渔船，巍然地与晴空中的富士一同竖着他的帆樯。第二图里有戴头巾穿礼服的武士，市民，工头，带着小孩的妇女，穿花衫的姑娘，挑担的仆夫，都趁在一只渡船里，两个舟子腰间挂着大烟管袋，立在船的头尾用竹篙刺船，这就是佃之渡。

要把二十几图的说明都抄过来，不但太长，也很不容易，现在就此截止，也总可以略见一斑了。

我看了日本的浮世绘的复印本，总不免发生一种感慨，这回所见的是比较近于原本的木刻，所以更不禁有此感。为什么中国没有这种画的呢？去年我在东京文求堂主人田中君的家里见到原刻《十竹斋笺谱》，这是十分珍重的书，刻印确是精工，是木刻史上的好资料，但事实上总只是士大夫的玩意儿罢了。我不想说玩物丧志，只觉得这是少数人玩的。黑田源次编的《支那古板画图录》里的好些“姑苏板”的图画那确是民间的了，其位置与日本的浮世绘正相等，我们看这些雍正乾隆时代的作品觉得比近来的自然要好一点，可是内容还是不高明。这大都是吉语的画，如五子登科之类，或是戏文，其描画风俗景色的绝少。这一点与浮世绘很不相同。我们可以说姑苏板是十竹斋的通俗化，但压根儿同是士大夫思想，穷则画五子登科，达则画岁寒三友，其雅俗之分只是楼上与楼下耳。还有一件事，日本画家受了红毛的影响，北斋与广重便能那么应用，画出自己的画来，姑苏板画中也不少油画的痕迹，可是后来却并没有好结果，至今画台阶的大半还是往下歪斜的。此外关于古文拳法汤药大刀等事的兴废变迁，日本与中国都有很大的差异，说起来话长，所以现在暂且不来多说了。

十月十九日，在北平记。

《岭南杂事诗抄》

近来不知怎的似乎与广东很有缘分，在一个月里得到了三部书，都是讲广东风土的。一是屈大均著的《广东新语》二十八卷，一是李调元辑的《南越笔记》十六卷，一是陈坤著的《岭南杂事诗抄》八卷。这都不是去搜求来的，只是偶尔碰见，随便收下，但是说这里仍有因缘，那也未始不可以这样说。我喜欢看看讲乡土风物的书，此其一。关于广东的这类书较多，二也。本来各地都有这些事可讲，却是向来不多见，只有两广是特别，自《南方草木状》《北户录》《岭表录异》以来著述不绝，此外惟闽蜀略可相比，但热闹总是不及了。

屈翁山是明朝的遗民，《广东新语》成了清朝的禁书，这于书也是一个光荣吧。但就事论事，我觉得这是一部很好的书，内容很丰富，文章也写得极好，随便取一则读了都有趣味，后来讲广东事情的更忍不住要抄他。其分类为天地山水石等二十八语，奇而实在，中有坟语香语，命名尤可喜。从前读《酉阳杂俎》，觉得段柯古善于立新奇的篇名，如《尸穸》，如《黥》，如《肉攫部》等，《新语》殆得其遗意欤。卷八

《女语》中乃列入《椓者》一则，殊觉可笑，本来已将疯人和盗收在卷七《人语》之末，那么椓者亦何妨附骥尾？但我在这条里得到很好的材料，据说五代末刘鋹时重用宦官，“进士状头或释道有才略可备问者皆下蚕室，令得出入宫闱”，因知明朝游龙戏凤的正德皇帝之阉割优伶盖亦有所本也。

《南越笔记》出来的时候《广东新语》恐怕已经禁止了，但如我上边所说，李雨村确也忍不住要抄他，而且差不多全部都选抄。原来说是辑，所以这并不妨，只可惜节改得多未能恰好。卷四有《南越人好巫》一则，系并抄《新语》卷六《神语》中《祭厉》及《二司》之文。而加“南越人好巫”一语于其前，即用作题目，据我看来似不及原本。《二司》条下列记五种神道，全文稍长今不具录，但抄其下半于左，

> 有急脚先锋神者，凡男女将有所私，从而祷之，往往得其所欲，以香囊酬之。神前香囊堆积，乞其一二，则明岁酬以三四。新兴有东山神者，有处女采桑过焉，歌曰，路边神，尔单身，一蚕生二茧，吾舍作夫人。还家果一蚕二茧，且甚巨。是夜风雨大作，女失所之，有一红丝自屋起牵入庙中，追寻之，兀坐无声息矣。遂泥而塑之，称罗夫人。番禺石壁有恩情神者，昔有男女二人于舟中目成，将及岸，女溺于水，男从而援之，俱死焉，二尸浮出，相抱不解，民因祠以为恩情庙。此皆丛祠之淫者。民未知义，以淫

祠为之依归，可悲也。

《笔记》所录没有民未知义以下十四字，我想还是有的好。这令我想起永井荷风的话来。荷风在所著《东京散策记》第二篇《淫祠》中曾说过，

> 我喜欢淫祠。给小胡同的风景添点情趣，淫祠要远胜铜像更有审美的价值。

他后来列举对那欢喜天要供油炸的馒头，对大黑天用双叉的萝卜，对稻荷神献奉油豆腐等等荒唐无稽的风俗之后，结论说道，

> 天真烂漫的而又那么鄙陋的此等愚民的习惯，正如看那社庙的滑稽戏和丑男子舞，以及猜谜似的那还愿的扁额上的拙稚的绘画，常常无限地使我的心感到慰安。这并不单是说好玩。在那道理上议论上都无可说的荒唐可笑的地方，细细地想时却正感着一种悲哀似的莫名其妙的心情也。

我们不能说屈翁山也有这种心情，但对于民众的行事颇有同情之处，那大抵是不错的吧。

《岭南杂事诗抄》有些小注也仍不能不取自《新语》，虽

然并不很多，大约只是名物一部分罢了。卷一有一首咏急脚先锋的，注语与上文所引正同，诗却很有意思，

> 既从韩寿得名香，一瓣分酬锦绣囊。但愿有情成眷属，神仙原自羡鸳鸯。

民国初年我在大路口地摊上得到过一个秘戏钱，制作颇精，一面“花月宜人”四大字，一面图上题八字云，“得成比翼，不羡神仙”。这与诗意可互相发明。《杂事诗》卷七又有咏露头妻的一首，诗云，

> 乍聚风萍未了因，镜中鸾影本非真。浮生可慨如朝露，飞洒杨花陌路人。

注云，

> 粤俗小户人家男女邂逅，可同寝处，俨若夫妇，稍相忤触，辄仍离异，故谓之露头妻，犹朝露之易晞也。

案此即所谓姘头，国内到处皆有，大抵乡村较少，若都市商埠则极寻常。骈枝生著《拱辰桥踏歌》卷上有一则云，

东边封起鸳鸯山，西边宕出鸳鸯场。鸳鸯飞来鸳鸯住，鸳鸯个恩情勿久长。

这几首诗都颇有风人之旨，因为没有什么轻薄或道学气，还可以说是温厚。这是《杂事诗抄》的一种特色。此外还有一种特色，则是所咏大部分是关于风俗的。《诗抄》全部八卷共三百八十八首，差不多有五卷都是人事，诗数在二百首以上。草木鸟兽虫鱼的记录在散文上容易出色，做成韵文便是咏物诗，咏得不工固然不好，咏得工又是别一样无聊，故集中才七十首，余则皆古迹名胜也。卷五咏“半路吹”云，

妾本风前杨柳枝，随风飘荡强支持。果能引凤秦台住，萧管何妨半路吹。

自注云，

粤俗贫家鬻女作妾，恐邻家姗笑，先向纳妾者商明，用彩舆鼓吹登门迎娶，至中途改装前往，谓之半路吹。

与上文露头妻均是好例，记述民间俚俗，而诗亦有风致。又卷七咏“火轮船”云，

机气相资水火功，不须人力不须风，暗轮更比明轮稳，千里沧波一日通。

注云，

火轮船制自外洋，轮有明暗之分，以火蒸水取气激轮而行，瞬息百里，巧夺天工，近年中华俱能仿造，长江内河一律驶用矣。

诗并不佳，只取其意思明达，对于新事物亦能了解耳。我们随便拿陶方琦的诗来比较，在《湘麋阁遗诗》卷二有《坐火轮车至吴淞》一诗，末四句云，

沪中地力久虚竭，凿空骋险宜荒陬，自予不守安步戒，西人于汝夫何尤。

陶君虽是吾乡学者，但此等处自不甚高明，不能及陈子厚。陶诗作于光绪丁丑，《如不及斋集》亦在此时刻成，陈诗之作当在陶前也。

（十月十日）

关于日本语

十年前写过一篇文章，名曰《日本与中国》，其中有两节云，

> 中国在他独殊的地位上特别有了解日本的必要与可能，但事实上却并不然，大家都轻蔑日本文化，以为古代是模仿中国，现代是模仿西洋的，不值得一看。日本古今的文化诚然是取材于中国与西洋，却经过一番调剂，成为他自己的东西，正如罗马文明之出于希腊而自成一家，所以我们尽可以说日本自有他的文明，在艺术与生活方面为显著，虽然没有什么哲学思想。我们中国除了把他当作一种民族文明去公平地研究之外，还当特别注意，因为有许多地方足以供我们研究本国古今文化之参考。从实利这一点说来，日本文化也是中国人现今所不可忽略的一种研究。
>
> 中国与日本并不是什么同文同种，但是因为文化交通的缘故，思想到底容易了解些，文字也容易学些

（虽然我又觉得日本文中夹着汉字是使中国人不能深彻地了解日本的一个障害），所以我们研究日本比较西洋人要便利得多。

也正是那时候，我还在燕京大学教书，有一位同事是美国老牧师，在北京多年，对于中国学问很有研究，他在校内主张应鼓励学生习日俄语文。他的理由是，英美人多习法德语，中国则情形不同，因地理关系上与日本俄国联系密切，故宜首先学习此二种言语，而法德各语尚在其次。这个意思实在很对，大约学校也不见得不赞同，不过未曾实行，以至于今。

民国十九年北京大学三十二周年纪念刊上我写了一篇小文，名曰《北大的支路》，希望学校提倡希腊印度亚剌伯日本的研究，关于日本的一节云，

日本有小希腊之称，他的特色确有些与希腊相似，其与中国文化上之关系更仿佛罗马，很能把先进国的文化拿去保存或同化而光大之，所以中国治国学的人可以去从日本得到不少的资料与参考。从文学史上来看，日本从奈良到德川时代这千二百馀年受的是中国影响，处处可以看出痕迹，明治维新以后，与中国近来的新文学相同，受了西洋的影响，比较起迹步骤几乎一致，不过日本这回成为先进，中国老是追着，有时还有意无意地模拟贩卖，这都给予我们很好

的对照与反省。

这话说了到如今也已是五个年头了。一个主张，一种意见，五年十年不会有效原也是当然，因为机缘很是重要，这却甚不容易遇到。其实从甲午至甲戌四十年中事情也不少了，似乎却总还不能引起知己知彼的决心，有的大约是刺激太小吧，没有效力，有的又是太大了，引起的反应超过了常度。九一八总是大事件了，然而他的影响在学校则不及，在社会则过。我不知道中国政府到底为什么缘故至今不办一个外国语学校，国家没有一个地方可以让学生习得英文以外的语文，即大学亦都在内。日本语向来只准当作第二外国语去学，而那种第二外国语是永远教不好学不好的。然而在社会上这些情形正是相反，近年来热心学习日本语者据说日渐增加，似乎是好现象了，我只怕是不骄便太怯，那即是过。有一个日本人卒然问曰，近来大家学日本话，说是为了一九三六年懂得日本话方便些，是不是？我看他很素朴却不是故意的问，便只好苦笑对他摇头道，我没有听说。

讲到底我是主张学日本语的。我主张在中国学习，如有资力可再往日本一走。学日本语最好有国立的外国语学校或大学专系，否则从私人亦可。学日本语的目的不可太怯，预备做生意，看书报，读社会科学，帮助研究国学，都是正当的目的，读日本文学作品，研究日本文化，那自然是更进一步了。语言文字本来是工具，初学或速成者只要能够使用就好了，若是想要研究下去的，却须知道这语言也有他的生命，多少要对于他感到一种爱好与理解。这样，须得根本地从口语入手，还得多读名家所写的文章，才能真正了解，不是单靠记忆几十条规则或翻看几本社会科学书所能达到的。因此我们的第二个的意见是，学日本语须稍稍心宽，可能的要多花费点时日，除不得已外万不宜求速成，盖天下无可速成之事，古人曰，欲速则不达，普通所谓速成实在只是浅尝，即只学了一部分耳。鄙人读日本文至今才二十八年，其间从先生学习者不过两年，却来胡乱说话，未免可笑，因答应张君已久，不能再拖欠了，只好赶写，请原谅则个。

（廿四年一月）

模　糊

郝兰皋《晒书堂诗抄》卷下有七律一首，题曰，

> 余家居有模糊之名，年将及壮，志业未成，自嘲又复自励。

诗不佳而题很有意思。其《笔录》卷六中有《模糊》一则，第一节云，

> 余少小时族中各房奴仆猥多，后以主贫渐放出户，俾各营生，其游手之徒多充役隶，馀年壮以还放散略尽，顾主奴形迹几至不甚分明，然亦听之而已。余与牟默人居址接近，每访之须过县署门，奴辈共人杂坐，值余过其前，初不欲起，乃作勉强之色，余每迂道避之，或望见县门低头趋过，率以为常，每向先大夫述之以为欢笑。吾邑滨都宫者丘长春先生故里也，正月十九是其诞辰，游者云集，余偕同人步往，

未至宫半里许，见有策驴子来者是奴李某之子曰喜儿，父子充典史书役，邑人所指名也，相去数武外鞭驴甚驶，仰面径过。时同游李赵诸子问余适过去者不识耶？曰，识之。骑不下何耶？曰，吾虽识彼，但伊齿卑少更历，容有不知也。后族中尊者闻之呼来询诘，支吾而已。又有王某者亦奴子也，尝被酒登门喧呼，置不问。由是家人被以模糊之名，余笑而颔之。

清朝乾嘉经师中，郝兰皋是我所喜欢的一个人，因为他有好几种书都为我所爱读，而其文章亦颇有风致，想见其为人，与傅青主颜习斋别是一路，却各有其可爱处。读上文，对于他这模糊的一点感到一种亲近。寒宗该不起奴婢，自不曾有被侮慢的事情，不能与他相比，而且我也并不想无端地来提倡模糊。模糊与精明相对，却又与糊涂各别，大抵糊涂是不能精明，模糊是不为精明，一是不能挟泰山以超北海，一则不为长者折枝之类耳。模糊亦有两种可不可，为己大可模糊，为人便极不该了，盖一者模糊可以说是恕，二者不模糊是义也。傅青主著《霜红龛赋》中有一篇《敹㲀小赋》，末云，

子弟遇我，亦云奇缘。人间细事，略不謰謱。还问老夫，亦复无言。侬侬任运，已四十年。

后有王晋荣案语云，

先生家训云，世事精细杀，只成得好俗人，我家不要也。则信乎，贤父兄之乐，小傅有焉。

可见这位酒肉道人在家里乡里也是很模糊的，可是二十多年前他替山西督学袁继咸奔走鸣冤，多么热烈，不象别位秀才们的躲躲闪闪，那么他还是大事不模糊的了。普通的人大抵只能在人间细事上精明，上者注心力于生计，还可以成为一个好俗人，下者就很难说。目前文人多专和小同行计较，真正一点都不模糊，此辈雅人想傅公更是不要了吧？

《晒书堂文集》卷五有《亡书失砚》一篇云，

昔年馀有《颜氏家训》，系坊间俗本，不足爱惜，乃其上方空白纸头馀每检阅随加笺注，积百数十条，后为谁何携去，至今思之不忘也。又有仿宋本《说文》，是旗人织造额公勒布捐资摹刊，极为精致，旧时以馀《山海经笺疏》易得之者，甚可喜也，近日寻检不获，度亦为他人携去矣。司空图诗，得剑乍如添健仆，亡书久似忆良朋，岂不信哉。居尝每恨还书一痴，余所交游竟绝少痴人，何耶。又有蕉叶白端砚一方，系仿宋式，不为空洞，多鸲鹆眼，雕为悬柱，高下相生，如钟乳垂，颇可爱玩，是十年前胶西刘大木椽不远千馀里携来见赠，作匣盛之，置厅事案间，不知为谁攫去，后以移居启视，惟匣存而已。不忘良友之遗，聊复记之。又馀名字图章二，系青田石，大木所镌，或鬻于市，为牟若洲惇儒见告，遂取以还，而叶仲寅志诜曾于小市鬻得郝氏顿首铜印，作玉箸文，篆法清劲，色泽古雅，叶精金石，云此盖元时旧物，持以赠余，供书翰之用，亦可喜也。因念前所失物，意此铜印数十年后亦当有持以赠人而复为谁所喜者矣。

这里也可以见他模糊之一斑，而文章亦复可喜，措辞质朴，善能达意，随便说来仿佛满不在乎，却很深切地显出爱惜惆怅之情，此等文字正是不佞所想望而写不出者也。在表面上虽似不同，我觉得这是《颜氏家训》的一路笔调，何时能找得好些材料辑录为一部，自娱亦以娱人耶。郝君著述为我所喜读者尚多，须单独详说，兹不赘。

附记

模糊今俗语云麻糊，或写作马虎，我想这不必一定用动物名，还是写麻糊二字，南北都可通行。

（十一月四日）

《我是猫》

我在东京的头两年，虽然在学日文，但是平常读的却多是英文书，因为那时还是英文比较方便，一方面对于日本的文学作品也还未甚了解。手头有几块钱的时候常去的地方不是东京堂而是中西屋，丸善自然更是可喜，不但书多而且态度很好，不比中西屋常有小伙计跟着监视。我读林译说部丛书的影响还是存在，一面又注意于所谓弱小民族的文学，此外俄法两国小说的英译本也想收罗，可是每月三十一圆的留学费实在不能买书，所以往往象小孩走过要货摊只好废然而返。一九〇六至八年中间翻译过三部小说，现在印出的有英国哈葛得与安度阑二氏合著的《红星佚史》，有丁未二月的序，又匈加利育珂摩耳的《匈奴奇士录》，有戊申五月的序。这种书稿卖价至多两文钱一个字，但于我却不无小补，伽纳忒夫人译屠介涅夫集十五册以及勃阑特思博士的《波東印象记》这些英书都是用这款买来的。还有一部译本是别一托尔斯泰的小说《银公爵》，改题“劲草”，是司各德式的很有趣味的历史小说，没有能卖掉，后来连原稿都弄丢了。戊申以后遂不再卖稿，虽然译还是译一点，也仍是译欧洲的作品，日本的东西没有一篇，到后来为《新青年》译小说才选了江马修的短篇《小小的一个人》，那已经是民国七八年的事情了。

但是，日本报纸当然每天都看，象普通的学生们一样，总是《读卖》与《朝日》两种新闻，此外也买点文学杂志，这样地便与日本新文学也慢慢接近。四年前我为张我军先生的《文学论》译本写一篇小序，有一节云，

> 不过夏目的文章是我素所喜欢的，我的读日本文书也可以说是从夏目起手。我初到东京时夏目在杂志《保登登岐须》（此言子规）上发表的小说《我是猫》正很有名，其单行本上卷也就出版，接着他在大学的讲义也陆续给书店去要了来付印，即这本《文学论》和讲英国十八世纪文学的一册《文学评论》。……夏目的小说，自《我是猫》，《漾虚集》，《鹑笼》以至《三四郎》和《门》，从前在赤羽桥边的小楼上偷懒不去上课的时候，差不多都读而且爱读过，虽然我所最爱的还是《猫》，但别的也都颇可喜，可喜的却并不一定是意思，有时便只为文章觉得令人流连不忍放手。夏目而外这样的似乎很少，后辈中只是志贺直哉有此风味，其次或者是佐藤春夫罢。

上文末尾所说的话仔细想来或不十分确切，只说他们两位文章也都很好就是了，风味实在不大相同，盖夏目的文章特别是早期的很有他独自的特色，这或者可以说是英国绅士的幽默与江户子的洒脱之和合吧。他专攻英文学，又通和汉古典，同了正冈子规做俳句与写生文，把这个结果全用在小说上边，这就成了他一派作品的特种风味。《我是猫》与《鹑笼》中的一篇《哥儿》，我自己很喜欢读，也常劝学日文的朋友们读，因为这是夏目漱石的早期代表作，而且描写日本学生生活及社会都很可以增加我们的见识了解，比别的书要更为有益。不过这些书也就因此比较不容易读，社会情形之差异，一也，文字与口气之难得恰好领解，又其二也。例如《我是猫》这个书名，从汉文上说只有这一个译法，英文也是译为I am a Cat，所以不能算不对，然而与原文比较，总觉得很有点失掉了神采了。原名云Wagahai wa neko dearu。第一，Wagahai这字写作“我辈”，本意是说我们，与汉字原义相同，但是用作单数代名词时则意仍云“我”而似稍有尊大的口气，在中国无相似的例。又de-aru在语法上本为da之敬语，在文章上却是别有一番因缘，明治时代新文学发达，口语文渐渐成立，当时有da式，desu 式，de-arimasu式，de-aru 式诸种写法，尝试的结果留下两个，即二叶亭的da与红叶山人的de-aru式，二者之差别似只在文气的粗细上，用者各有所宜，读者或亦各有所好也。夏目之猫如云Orewa neko ja，则近于车夫家的阿黑，如云Watashiwa neko de gozaimasu，则似二弦琴师家的三毛子，今独云云，即此一语已显然露出教师苦沙弥家无名猫公的神气，可谓甚妙，然而用别国言语无论英文汉文均不能传达出此种微妙的口气。又如《哥儿》原题云*Botchan*，查其本源盖出于坊，读若Bõ，本是坊巷，转为僧坊，继而居僧坊者称曰坊样，小儿头圆如僧亦曰坊样，由Bosama又读作Bochama，再转为Botchan，即书名的原语。但Bochama一面为对小儿亲爱的称呼，哥儿一语略可相对，而别一方面又用以讥笑不通世故者，中国虽亦有公子哥儿之语，似终未能恰好，盖此二语之通俗性相差颇远也。这样说来好象夏目的书难读得很，连书目也就这样麻烦，其实当然未必如此，我这里只举个例说明原文口气之复杂，若作普通译语看则我是猫与哥儿也就很可以过得去了。学日文的人如目的只想看普通讲学的文章那也算了，若是从口语入手想看看文学作品的不读夏目的小说觉得很是可惜，所以略为介绍。《哥儿》与《草枕》都已有汉译本，可以参照。虽然译文不无可以商酌之处。《我是猫》前曾为学生讲读过两遍，全译不易，似可以注释抽印，不过一时还没有工夫动手，如有人肯来做这工作，早点成功，那是再好也没有的事了。

（五月）

情　　理

管先生叫我替《实报》写点文章，我觉得不能不答应，实在却很为难。这写些什么好呢?

老实说，我觉得无话可说，这里有三种因由。一，有话未必可说。二，说了未必有效。三，何况未必有话。

这第三点最重要，因为这与前二者不同，是关于我自己的。我想对于自己的言与行我们应当同样地负责任，假如明白这个道理而自己不能实行时便不该随便说，从前有人住在华贵的温泉旅馆而嚷着叫大众冲上前去革命，为世人所嗤笑，至于自己尚未知道清楚而乱说，实在也是一样地不应当。

现在社会上忽然有读经的空气继续金刚时轮法会而诵起，这现象的好坏我暂且不谈，只说读九经或十三经，我的赞成的成分倒也可以有百分之十，因为现在至少有一经应该读，这里边至少也有一节应该熟读。这就是《论语》的《为政第二》中的一节，

> 子曰，由，诲汝知之乎，知之为知之，不知为不

知，是知也。

这一节话为政者固然应该熟读，我们教书捏笔杆的也非熟读不可，否则不免误人子弟。我在小时候念过一点经史，后来又看过一点子集，深感到这种重知的态度是中国最好的思想，也与苏格拉底可以相比，是科学精神的源泉。

我觉得中国有顶好的事情，便是讲情理，其极坏的地方便是不讲情理。随处皆是物理人情，只要人去细心考察，能知者即可渐进为贤人，不知者终为愚人，恶人。《礼记》云，饮食男女人之大欲存焉，死亡贫苦人之大恶存焉。《管子》云，仓廪实则知礼节，衣食足则知荣辱。这都是千古不变的名言，因为合情理。现在会考的规则，功课一二门不及格可补考二次，如仍不及格则以前考过及格的功课亦一律无效。这叫做不合理。全省一二门不及格学生限期到省会考，不考虑道路的远近，经济能力的及不及。这叫做不近人情。教育方面尚如此，其他可知。

这所说的似乎专批评别人，其实重要的还是借此自己反省，我们现在虽不做官，说话也要谨慎，先要认清楚自己究竟知道与否，切不可那样不讲情理地乱说。说到这里，对于自己的知识还没有十分确信，所以仍不能写出切实有主张的文章来，上边这些空话已经有几百字，聊以塞责，就此住笔了。

（廿四年五月）

附记

管翼贤先生来访，命为《实报》写“星期偶感”，在星期日报上发表，由五人轮流执笔，至十一月计得六篇，便集录于此。

十一月廿六日记。

常　识

轮到要写文章的时候了，文章照例写不出。这一个多月里见闻了许多事情，本来似乎应该有话可说，何况仅仅只是几百个字。可是不相干，不但仍旧写不出文章，而且更加觉得没有话说。

老实说，我觉得我们现在话已说得太多，文章也写得太多了。我坐在北平家里天天看报章杂志，所看的并不很多，却只看见天天都是话，话，话。回过头来再看实际，又是一塌糊涂，无从说起。一个人在此刻如不是闭了眼睛塞住耳朵，以至昧了良心，再也不能张开口说出话来，我们高叫了多少年的取消不平等条约的口号，实际上有若何成绩，连三十四年前的辛丑条约还条条存在。不知道那些专叫口号贴标语的先生哪里去了，对于过去的事可以不必再多说，但是我想以后总该注重实行，不要再想以笔舌成事，因这与画符念咒相去不远，究竟不能有什么效用也。

古人云，为治者不在多言，顾力行何如耳。这原是很对的，但在有些以说话为职业的人，例如新闻记者，那怎么办呢？新闻而不说什么话，岂不等于酒店里没有酒，当然是不成。据我外行人想来，反正现在评论是不行，报告又不可，就是把北岩勋爵请来也是没有办法的，那么何妨将错就错（还是将计就计呢），去给读者做个谈天朋友，假如酒楼的柱子上贴着莫谈国事或其他二十年前的纸条，那么就谈谈天地万物，以交换智识而联络感情，不亦可乎。

我想，在言论不大自由的时代，不妨有几种报纸以评论政治报告消息为副课，去与平民为友，供给读者以常识。说到这里，图穷而匕首见，题目出来，文章也就可以完了。不过在这里要想说明一句，便是关于常识的解释。我们无论对于读者怎么亲切，在新闻上来传授洋蜡烛的制造法，或是复利的计算法，那总可不必罢。所谓常识乃只是根据现代科学证明的普通知识，在初中的几种学科里原已略备，只须稍稍活用就是了。如中国从前相信华人心居中，夷人才偏左，西洋人从前相信男人要比女人少一支肋骨，现在都明白并不是这么一回事。我们如依据了这种知识，实心实意地做切切实实的文章，给读者去消遣也好，捧读也好，这样弄下去三年五年十年，必有一点成绩可言。说这未必能救国，或者也是的，但是这比较用了三年五年的光阴再去背诵许多新鲜古怪的抽象名词总当好一点，至少我想也不至于会更坏一点罢。

（六月）

责　　任

“天下兴亡，匹夫有责。”这是读书人常说的一句话，作为去干政治活动的根据的，据说这是出于顾亭林。查《日知录》卷十三有这样的几句云：“保国者，其君其臣肉食者谋之。保天下者，匹夫之贱与有责焉耳矣。”再查这一节的起首云：“有亡国，有亡天下。亡国与亡天下奚辨？曰，易姓改号，谓之亡国。仁义充塞而至于率兽食人，人将相食，谓之亡天下。”顾亭林谁都知道是明朝遗老，是很有民族意识的，这里所说的话显然是在排满清，表面上说些率兽食人的老话，后面却引刘渊石勒的例，可以知道他的意思。保存一姓的尊荣乃是朝廷里人们的事情，若守礼法重气节，使国家勿为外族所乘，则是人人皆应有的责任。我想原义不过如此，那些读书人的解法恐怕未免有点歪曲了吧。但是这责任重要的还是在平时，若单从死难着想毫无是处。倘若平生自欺欺人，多行不义，即使卜居柴市近旁，常往崖山踏勘，亦复何用。洪允祥先生的《醉馀随笔》里有一节说得好，

《甲申殉难录》某公诗曰，愧无半策匡时难，只有一死报君恩。天醉曰，没中用人死亦不济事。然则怕死者是欤？天醉曰，要他勿怕死是要他拼命做事，不是要他一死便了事。

这是极精的格言，在此刻现在的中国正是对症服药。《日知录》所说匹夫保天下的责任在于守礼法重气节，本是一种很好的说法，现在觉得还太笼统一点，可以再加以说明。光是复古地搬出古时的德目来，把他当作符似地贴在门口，当作咒似地念在嘴里，照例是不会有效验的，自己不是巫祝而这样地祈祷和平，结果仍旧是自欺欺人，不负责任。我们现在所需要的是实行，不是空言，是行动，不是议论。这里没有多少繁琐的道理，一句话道，大家的责任就是大家要负责任。我从前曾说过，要武人不谈文，文人不谈武，中国才会好起来，也原是这个意思，今且按下不表，单提我们捏笔杆写文章的人应该怎样来负责任。这可以分作三点。一是自知。“知之为知之，不知为不知。”不知妄说，误人子弟，该当何罪，虽无报应，岂不惭愧。二是尽心。文字无灵，言论多难，计较成绩，难免灰心，但当尽其在我，锲而不舍，岁计不足，以五年十年计之。三是言行相顾。中国不患思想界之缺权威，而患权威之行不顾言，高卧温泉旅馆者指挥农工与陪姨太太者引导青年，同一可笑也。无此雅兴与野心的人应该更朴实地做，自己所说的话当能实践，自己所不能做的事可以不说，这样地办自然会使文章的虚华减少，看客掉头而去，但同时亦使实质增多，不误青年主顾耳。文人以外的人各有责任，兹不多赘，但请各人自己思量可也。

（八月）

谈　酒

这个年头儿，喝酒倒是很有意思的。我虽是京兆人，却生长在东南的海边，是出产酒的有名地方。我的舅父和姑父家里时常做几缸自用的酒，但我终于不知道酒是怎么做法，只觉得所用的大约是糯米，因为儿歌里说，“老酒糯米做，吃得变nionio”——末一字是本地叫猪的俗语。做酒的方法与器具似乎都很简单，只有煮的时候的手法极不容易，非有经验的工人不办，平常做酒的人家大抵聘请一个人来，俗称“酒头工”，以自己不能喝酒者为最上，叫他专管鉴定煮酒的时节。有一个远房亲戚，我们叫他“七斤公公”，——他是我舅父的族叔，但是在他家里做短工，所以舅母只叫他作“七斤老”，有时也听见她叫“老七斤”，是这样的酒头工，每年去帮人家做酒；他喜吸旱烟，说玩话，打马将[1]，但是不大喝酒（海边的人喝一两碗是不算能喝，照市价计算也不值十文钱的酒，）所以生意很好，时常跑一二百里路被招到诸暨嵊县去。据他说这实在并

① 即麻将。——编者注

不难，只须走到缸边屈着身听，听见里边起泡的声音切切察察的，好象是螃蟹吐沫（儿童称为蟹煮饭）的样子，便拿来煮就得了；早一点酒还未成，迟一点就变酸了。但是怎么是恰好的时期，别人仍不能知道，只有听熟的耳朵才能够断定，正如骨董家的眼睛辨别古物一样。

大人家饮酒多用酒钟，以表示其斯文，实在是不对的。正当的喝法是用一种酒碗，浅而大，底有高足，可以说是古已有之的香宾杯。平常起码总是两碗，合一“串筒”，价值似是六文一碗。串筒略如倒写的凸字，上下部如一与三之比，以洋铁为之，无盖无嘴，可倒而不可筛，据好酒家说酒以倒为正宗，筛出来的不大好吃。惟酒保好于量酒之前先“荡”（置水于器内，摇荡而洗涤之谓）串筒，荡后往往将清水之一部分留在筒内，客嫌酒淡，常起争执，故喝酒老手必先戒堂倌以勿荡串筒，并监视其量好放在温酒架上。能饮者多索竹叶青，通称曰“本色”，“元红”系状元红之略，则着色者，惟外行人喜饮之。在外省有所谓花雕者，惟本地酒店中却没有这样东西。相传昔时人家生女，则酿酒贮花雕（一种有花纹的酒坛）中，至女儿出嫁时用以饷客，但此风今已不存，嫁女时偶用花雕，也只临时买元红充数，饮者不以为珍品。有些喝酒的人预备家酿，却有极好的，每年做醇酒若干坛，按次第埋园中，二十年后掘取，即每岁皆得饮二十年陈的老酒了。此种陈酒例不发售，故无处可买，我只有一回在旧日业师家里喝过这样好酒，至今还不曾忘记。

我既是酒乡的一个土著，又这样地喜欢谈酒，好象一定是个与“三西”结不解缘的酒徒了。其实却大不然。我的父亲是很能喝酒的，我不知道他可以喝多少，只记得他每晚用花生米水果等下酒，且喝且谈天，至少要花费两点钟，恐怕所喝的酒一定很不少了。但我却是不肖，不，或者可以说有志未逮，因为我很喜欢喝酒而不会喝，所以每逢酒宴我总是第一个醉与脸红的。自从辛酉患病后，医生叫我喝酒以代药饵，定量是勃阑地每回二十格阑姆，蒲桃酒与老酒等倍之，六年以后酒量一点没有进步，到现在只要喝下一百格阑姆的花雕，便立刻变成关夫子了。（以前大家笑谈称作“赤化”，此刻自然应当谨慎，虽然是说笑话。）有些有不醉之量的，愈饮愈是脸白的朋友，我觉得非常可以欣羡，只可惜他们愈能喝酒便愈不肯喝酒，好象是美人之不肯显示她的颜色，这实在是太不应该了。

黄酒比较的便宜一点，所以觉得时常可以买喝，其实别的酒也未尝不好。白干于我未免过凶一点，我喝了常怕口腔内要起泡，山西的汾酒与北京的莲花白虽然可喝少许，也总觉得不很和善。日本的清酒我颇喜欢，只是仿佛新酒模样，味道不很静定。蒲桃酒与橙皮酒都很可口，但我以为最好的还是勃阑地。我觉得西洋人不很能够了解茶的趣味，至于酒则很有工夫，决不下于中国。天天喝洋酒当然是一个大的漏卮，正如吸烟卷一般，但不必一定进国货党，咬定牙根要抽净丝，随便喝一点什么酒其实都是无所不可的，至少是我个人这样的想。

喝酒的趣味在什么地方？这个我恐怕有点说不明白。有人说，酒的乐趣是在醉后的陶然的境界。但我不很了解这个境界是怎样的，因为我自饮酒以来似乎不大陶然过，不知怎的我的醉大抵都只是生理的，而不是精神的陶醉。所以照我说来，酒的趣味只是在饮的时候，我想悦乐大抵在做的这一刹那，倘若说是陶然那也当是杯在口的一刻罢。醉了，困倦了，或者应当休息一会儿，也是很安舒的，却未必能说酒的真趣是在此间。昏迷，梦魇，呓语，或是忘却现世忧患之一法门；其实这也是有限的，倒还不如把宇宙性命都投在一口美酒里的耽溺之力还要强大。我喝着酒，一面也怀着“杞天之虑”，生恐强硬的礼教反动之后将引起颓废的风气，结果是借醇酒妇人以避礼教的迫害，沙宁（Sanin）时代的出现不是不可能的。但是，或者在中国什么运动都未必彻底成功，青年的反拨力也未必怎么强盛，那么杞天终于只是杞天，仍旧能够让我们喝一口非耽溺的酒也未可知。倘若如此，那时喝酒又一定另外觉得很有意思了罢？

十五年六月二十日，于北京。

乌　篷　船

子荣君：

接到手书，知道你要到我的故乡去，叫我给你一点什么指导。老实说，我的故乡，真正觉得可怀恋的地方，并不是那里；但是因为在那里生长，住过十多年，究竟知道一点情形，所以写这一封信告诉你。

我所要告诉你的，并不是那里的风土人情，那是写不尽的，但是你到那里一看也就会明白的，不必啰唆地多讲。我要说的是一种很有趣的东西，这便是船。你在家乡平常总坐人力车，电车，或是汽车，但在我的故乡那里这些都没有，除了在城内或山上是用轿子以外，普通代步都是用船。船有两种，普通坐的都是“乌篷船”，白篷的大抵作航船用，坐夜航船到西陵去也有特别的风趣，但是你总不便坐，所以我也就可以不说了。乌篷船大的为“四明瓦”（Symenngoa），小的为脚划船（划读如uoa）亦称小船。但是最适用的还是在这中间的“三道”，亦即三明瓦。篷是半圆形的，用竹片编成，中夹竹箬，上涂黑油；在两扇“定篷”之间放着一扇遮阳，也是半圆的，木作格子，嵌着一片片的小鱼鳞，径约一寸，颇有点透明，略似玻璃而坚韧耐用，这就称为明瓦。三明瓦者，谓其中舱有两道，后舱有一道明瓦也。船尾用橹，大抵两支，船首有竹篙，用以定船。船头着眉目，状如老虎，但似在微笑，颇滑稽而不可怕，惟白篷船则无之。三道船篷之高大约可以使你直立，舱宽可以放下一顶方桌，四个人坐着打马将，——这个恐怕你也已学会了罢？小船则真是一叶扁舟，你坐在船底席上，篷顶离你的头有两三寸，你的两手可以搁在左右的舷上，还把手都露出在外边。在这种船里仿佛是在水面上坐，靠近田岸去时泥土便和你的眼鼻接近，而且遇着风浪，或是坐得少不小心，就会船底朝天，发生危险，但是也颇有趣味，是水乡的一种特色。不过你总可以不必去坐，最好还是坐那三道船罢。

你如坐船出去，可是不能象坐电车的那样性急，立刻盼望走到。倘若出城，走三四十里路，（我们那里的里程是很短，一里才及英里三分之一，）来回总要预备一天。你坐在船上，应该是游山的态度，看看四周物色，随处可见的山，岸旁的乌桕，河边的红蓼和白蘋，渔舍，各式各样的桥，困倦的时候睡在舱中拿出随笔来看，或者冲一碗清茶喝喝。偏门外的鉴湖一带，贺家池，壶觞左近，我都是喜欢的，或者往娄公埠骑驴去游兰亭，（但我劝你还是步行，骑驴或者于你不很相宜，）到得暮色苍然的时候进城上都挂着薜荔的东门来，倒是颇有趣味的事。倘若路上不平静，你往杭州去时可于下午开船，黄昏时候的景色正最好看，只可惜这一带地方的名字我都忘记了。夜间睡在舱中，听水声橹声，来往船只的招呼声，以及乡间的犬吠鸡鸣，也都很有意思。雇一只船到乡下去看庙戏，可以了解中国旧戏的真趣味，而且在船上行动自如，要看就看，要睡就睡，要喝酒就喝酒，我觉得也可以算是理想的行乐法。只可惜讲维新以来这些演剧与迎会都已禁止，中产阶级的低能人别在“布业会馆”等处建起“海式”的戏场来，请大家买票看上海的猫儿戏。这些地方你千万不要去。——你到我那故乡，恐怕没有一个人认得，我又因为在教书不能陪你去玩，坐夜船，谈闲天，实在抱歉而且惆怅。川岛君夫妇现在偁山下，本来可以给你绍介，但是你到那里的时候他们恐怕已经离开故乡了。初寒，善自珍重，不尽。

十五年一月十八日夜，于北京。

死之默想

四世纪时希腊厌世诗人巴拉达思作有一首小诗道，

（Polla laleis，anthrope——Palladas）
你太饶舌了，人呵，不久将睡在地下；
住口罢，你生存时且思索那死。

这是很有意思的话。关于死的问题，我无事时也曾默想过，（不坐在树下，大抵是在车上，）可是想不出什么来，——这或者是因为我是个“乐天的诗人”的缘故吧？但是其实我何尝一定崇拜死，有如曹慕管君，不过我不很能够感到死之神秘，所以不觉得有思索十日十夜之必要，于形而上的方面也就不能有所饶舌了。

窃察世人怕死的原因，自有种种不同，“以愚观之”可以定为三项，其一是怕死时的苦痛，其二是舍不得人世的快乐，其三是顾虑家族。苦痛比死还可怕，这是实在的事情。十多年前有一个远房的伯母，十分困苦，十二月底想投河寻死，（我们乡间的河是经冬不冻的，）但是投了下去，她随即走了上来，说是因为水太冷了。有些人要笑她痴也未可知，但这却是真实的人情。倘若有人能够切实保证，诚如某生物学家所说，被猛兽咬死痒苏苏地很是愉快，我想一定有许多人裹粮入山去投身饲饿虎的了。可惜这一层不能担保，有些对于别项已无留恋的人因此也就不得不稍为踌躇了。

顾虑家族，大约是怕死的原因中之较小者，因为这还有救治的方法。将来如有一日，社会制度稍加改良，除施行善种的节制以外，大家不问老幼可以各尽所能，各取所需，凡平常衣食住，医药教育，均由公给，此上更好的享受再由个人自己的努力去取得，那么这种顾虑就可以不要，便是夜梦也一定平安得多了。不过我所说的原是空想，实现还不知在几十百年之后，而且到底未必实现也说不定，那么这也终是远水不救近火，没有什么用处。比较确实的办法还是设法发财，也可以救济这个忧虑。为得安闲的死而求发财，倒是很高雅的俗事；只是发财大不容易，不是我们都能做的事，况且天下之富人有了钱便反死不去，则此法亦颇有危险也。

人世的快乐自然是很可贪恋的，但这似乎只在青年男女才深切的感到，象我们将近“不惑”的人，尝过了凡人的苦乐，此外别无想做皇帝的野心，也就不觉得还有舍不得的快乐。我现在的快乐只想在闲时喝一杯清茶，看点新书，（虽然近来因为政府替我们储蓄，手头只有买茶的钱，）无论他是讲虫鸟的歌唱，或是记贤哲的思想，古今的刻绘，都足以使我感到人生的欣幸。然而朋友来谈天的时候，也就放下书卷，何况“无私神女”（Atropos）的命令呢？我们看路上许多乞丐，都已没有生人乐趣，却是苦苦的要活着，可见快乐未必是怕死的重大原因，或者舍不得人世的苦辛也足以叫人留恋这个尘世罢。讲到他们，实在已是了无牵挂，大可“来去自由”，实际却不能如此，倘若不是为了上边所说的原因，一定是因为怕河水比彻骨的北风更冷的缘故了。

对于“不死”的问题，又有什么意见呢？因为少年时当过五六年的水兵，头脑中多少受了惟物论的影响，总觉得造不起“不死”这个观念来，虽然我很喜欢听荒唐的神话。即使照神话故事所讲，那种长生不老的生活我也一点儿都不喜欢。住在冷冰冰的金门玉阶的屋里，吃着五香牛肉一类的麟肝凤脯，天天游手好闲，不在松树下着棋，便同金童玉女厮混，也不见得有什么趣味，况且永远如此，更是单调而且困倦了。又听人说，仙家的时间是与凡人不同的，诗云，“山中方七日，世上已千年，”所以烂柯山下的六十年在棋边只是半个时辰耳，哪里会有日子太长之感呢？但是由我看来，仙人活了二百万岁也只抵得人间的四十春秋，这样浪费时间无裨实际的生活，殊不值得费尽了心机去求得他；倘若二百万年后劫波到来，就此溘然，将被五十岁的凡夫所笑。较好一点的还是那西方凤鸟（Phoenix）的办法，活上五百年，便尔蜕去，化为幼凤，这样的轮回倒很好玩的，——可惜他们是只此一家，别人不能仿作。大约我们还只好在这被容许的时光中，就这平凡的境地中，寻得些须的安闲悦乐，即是无上幸福；至于“死后，如何？”的问题，乃是神秘派诗人的领域，我们平凡人对于成仙做鬼都不关心，于此自然就没有什么兴趣了。

（十三年十二月）

死　　法

“人皆有死”，这句格言大约是确实的，因为我们没有见过不死的人，虽然在书本上曾经讲过有这些东西，或称仙人，或是“尸忒卢耳不卢格”（Strulbrug），这都没有多大关系。不过我们既然没有亲眼见过，北京学府中静坐道友又都剩下蒲团下山去了，不肯给予凡人以目击飞升的机会，截至本稿上板时止本人遂不能不暂且承认上述的那句格言，以死为生活之最末后的一部分，犹之乎恋爱是中间的一部分，——自然，这两者有时并在一处的也有，不过这仍然不会打破那个原则，假如我们不相信死后还有恋爱生活。总之，死既是各人都有分的，那么其法亦可得而谈谈了。

统计世间死法共有两大类，一曰“寿终正寝”，二曰“死于非命”。寿终的里面又可以分为三部。一是老熟，即俗云灯尽油干，大抵都是“喜丧”，因为这种终法非八九十岁的老太爷老太太莫办，而佢们此时必已四世同堂，一家里拥上一两百个大大小小男男女女，实在有点住不开了，所以佢的出缺自然是很欢送的。二是猝毙，某一部机关发生故障，突然停止进行，正如钟表之断了发条，实在与磕破天灵盖没有多大差别，不过因为这是属于内科的，便是在外面看不出痕迹，故而也列入正寝之部了。三是病故，说起来似乎很是和善，实际多是那“秒生”（Bacteria）先生作的怪，用了种种凶恶的手段，谋害“蚁命”，快的一两天还算是慈悲，有些简直是长期的拷打，与“东厂”不相上下，那真是厉害极了。总算起来，一二都倒还没有什么，但是长寿非可幸求，希望心脏麻痹又与求仙之难无异，大多数人的运命还只是轮到病故，揆诸吾人避苦求乐之意实属大相径庭，所以欲得好的死法，我们不得不离开了寿终而求诸死于非命了。

非命的好处便是在于他的突然，前一刻钟明明是还活着的，后一刻钟就直挺地死掉了，即使有苦痛（我是不大相信）也只有这一刻，这是他的独门的好处。不过这也不能一概而论。十字架据说是罗马处置奴隶的刑具，把他钉在架子上，让他活活地饿死或倦死，约莫可以支撑过几天；茶毗是中世纪卫道的人对付异端的，不但当时烤得难过，随后还剩下些零星末屑，都觉得不很好。车边斤原是很爽利，是外国贵族的特权，也是中国好汉所欢迎的，但是孤另另的头像是一个西瓜，或是“柚子”，如一位友人在长沙所见，似乎不大雅观，因为一个人的身体太走了样了。吞金喝盐卤呢，都不免有点妇女子气，吃鸦片烟又太有损名誉了，被人叫做烟鬼，即使生前并不曾“与芙蓉城主结不解缘”。怀沙自沉，前有屈大夫，后有……，倒是颇有英气的，只恐怕泡得太久，却又不为鱼鳖所亲，象治咳嗽的“胖大海”似的，殊少风趣。吊死据说是很舒服，（注意：这只是据说，真假如何我不能保证，）有岛武郎与波多野秋子便是这样死的，有一个日本文人曾经半当真半取笑地主张，大家要自尽应当都用这个方法，可是据我看来也有很大的毛病。什么书上说有缢鬼降乩题诗云，

目如鱼眼四时开，
身若悬旌终日挂。

（记不清了，待考；仿佛是这两句，实在太不高明，恐防是不第秀才做的。）又听说英国古时盗贼处刑，便让他挂在架上，有时风吹着骨节珊珊作响（这些话自然也未可尽信，因为盗贼不会都是锁子骨，然而“听说”如此，我也不好一定硬反对，）虽然有点唐珊尼爵士（Lord Dunsany）小说的风味，总似乎过于怪异——过火一点。想来想去都不大好，于是乎最后想到枪毙。枪毙，这在现代文明里总可以算是最理想的死法了。他实在同丈八蛇矛嚓喇一下子是一样，不过更文明了，便是说更便利了，不必是张翼德也会使用，而且使用得那样地广和多！在身体上钻一个窟窿，把里面的机关搅坏一点，流出些蒲公英的白汁似的红水，这件事就完了：你看多么简单。简单就是安乐，这比什么病都好得多了。三月十八日中法大学生胡锡爵君在执政府被害，学校里开追悼会的时候，我送去一副对联，文曰，

什么世界，还讲爱国？

如此死法，抵得成仙！

这末一联实在是我衷心的颂辞。倘若说美中不足，便是弹子太大，掀去了一块皮肉，稍为触目，如能发明一种打鸟用的铁砂似的东西，穿过去好象是一支粗铜丝的痕，那就更美满了。我想这种发明大约不会很难很费时日，到得成功的时候，喝酸牛奶的梅契尼柯夫（Metchnikoff）医生所说的人的“死欲”一定也已发达，那么那时真可以说是“合之则双美”了。

我写这篇文章或者有点受了正冈子规的俳文《死后》的暗示，但这里边的话和意思都是我自己的。又上文所说有些是玩话，有些不是，合并声明。

（十五年五月）

案，所说俳文《死后》已由张凤举先生译出，登在《沉钟》第六期上。

十六年八月编校时再记。

心　中

三月四日北京报上载有日本人在西山旅馆情死事件，据说女的是朝日轩的艺妓名叫来香，男的是山中商会店员“一鹏”。这些名字听了觉得有点希奇，再查《国民新报》的英文部才知道来香乃是梅香（Umeka）之误，这是所谓艺名，本名日向信子，年十九岁，一鹏是伊藤传三郎，年二十五岁。情死的原因没有明白，从死者的身分看来，大约总是彼此有情而因种种阻碍不能如愿，与其分离而生不如拥抱而死，所以这样地做的罢。

这种情死在中国极少见，但在日本却很是平常，据佐佐醒雪的《日本情史》（可以称作日本文学上的恋爱史论，与中国的《情史》性质不同，一九〇九年出板）说，南北朝（十四世纪）的《吉野拾遗》中记里村主税家从人与侍女因失了托身之所，走入深山共伏剑而死，六百年前已有其事。“这一对男女相语曰，‘今生既尔不幸，但愿得来世永远相聚，’这就成为元禄式情死的先踪。自南北朝至足利时代（十五六世纪）是那个‘二世之缘’的思想逐渐分明的时期，到了近世，宽文（1661—1672）前后的伊豫地方的俗歌里也这样的说着了，幽暗的独木桥，郎若同行就同过去罢，掉了下去一同漂流着，来世也是在一起。

元禄时代（1688—1703）于骄奢华靡之间尚带着杀伐的蛮风，有重果敢的气象，又加上二世之缘的思想，自有发生许多悲惨的情死事件之倾向。”

这样的情死日本通称“心中”（Shinjiu）。虽然情死的事实是“古已有之”，在南北朝已见诸记载，但心中这个名称却是德川时代的产物。本来心中这个字的意义就是如字讲，犹云衷情，后来转为表示心迹的行为，如立誓书，刺字剪发等等。宽文前后在游女社会中更发现杀伐的心中，即拔爪，斩指，或刺贯臂股之类，再进一步自然便是以一死表明相爱之忱，西鹤称之曰“心中死”（Shinjiujini），在近松的戏曲中则心中一语几乎限于男女二人的情死了。这个风气一直流传到现在，心中也就成了情死的代用名词。

［立誓书现在似乎不通行了。尾崎久弥著《江户软派杂考》中根据古本情书指南《袖中假名文》引有一篇样本，今特译录于后，

盟誓

今与某人约为夫妇，真实无虚，即使父母兄弟无论如何梗阻，决不另行适人，倘若所说稍有虚伪，当

蒙日本六十馀州诸神之罚，未来永远堕入地狱，无有出时。须至盟誓者。

年号月日　　　　女名（血印）

某人（男子名）

中国旧有《青楼尺牍》等书，不知其中有没有这一类的东西。]

近松是日本最伟大的古剧家，他的著作由我看来似乎比中国元曲还有趣味。他所做的世话净琉璃（社会剧）几乎都是讲心中的，而且他很同情于这班痴男怨女。眼看着他们挟在私情与义理之间，好象是弶上的老鼠，反正是挣不脱，只是拖延着多加些苦痛，他们惟一的出路单是“死”，而他们的死却不能怎么英雄的又不是超脱的，他们的“一莲托生”的愿望实在是很幼稚可笑的，然而我们非但不敢笑他，还全心的希望他们大愿成就，真能够往生佛土，续今生未了之缘。这固是我们凡人的思想，但诗人到底也只是凡人的代表，况且近松又是一个以慰藉娱悦民众为事的诗人，他的咏叹心中正是当然的事，据说近松的净琉璃盛行以后民间的男女心中事件大见增加，可以想见他的势力。但是真正鼓吹心中的艺术还要算净琉璃的别一派，即新内节（Shinnai-bushi）。新内节之对于心中的热狂的向往几乎可以说是病态的，不管三七二十一的惟以一死为归宿。新吉原的游女听了这游行的新内派的悲歌，无端的引起了许多悲剧，政府乃于文化初年（十九世纪初）禁止新内节不得入吉原，惟于中元许可一日，以为盂兰盆之供养，直至明治维新这才解禁。新内节是一种曲，且说且唱，翻译几不可能，今姑摘译《藤蔓恋之栅》末尾数节，以为心中男女之回向。此篇系鹤贺新内所作，叙藤屋喜之助与菱野屋游女早衣的末路，篇名系用喜之助的店号藤字敷衍而成，大约是一七七〇年顷之作云。（据《江户软派杂考》）

世上再没有象我这样苦命的人，五六岁的时候死了双亲，只靠了一个哥哥，一天天的过着艰难的岁月，到后来路尽山穷，直落得卖到这里来操这样的行业。动不动就挨老鸨的责骂，算作稚妓出来应接，彻夜的担受客人的凌虐，好容易换下泪湿的长袖，到了成年，找到你一个人做我的终身的倚靠。即使是在荒野的尽头，深山的里面，怎样的贫苦我都不厌，我愿亲手煮了饭来大家吃。乐也是恋，苦也是要恋，恋这字说的很明白：恋爱就只是忍耐这一件事。——太觉得可爱可爱了，一个人便会变了极风流似的愚痴，管盟誓的诸位神明也不肯见听。反正是总不能配合的因缘，还不如索性请你一同杀了罢！说到这里，袖子上已成了眼泪的积水潭，男子也举起含泪的脸来，叫一声早衣，原来人生就是风前的灯火，此世是梦中的逆旅，愿只愿是未来的同一个莲花座。听了他这番话，早衣禁不住落下欢喜泪。息在草叶之阴的爹妈，一定是很替我高兴罢，就将带领了我的共命的丈夫来见你。请你们千万不要怨我，恕我死于非命的罪孽。阎王老爷若要责罚，请你们替我谢罪。祐天老爷，释迦老爷都未必弃舍我罢？我愿在旁边侍候，朝朝暮暮，虔心供奉茶汤香花，消除我此生的罪障。南无祐天老爷，释迦如来！请你救助我罢。南无阿弥陀佛！

（祐天上人系享保时代——十八世纪初——人，为净土宗中兴之祖，江户人甚崇敬，故游女遂将他与释迦如来混在一起了。）

木下杢太郎（医学博士太田正雄的别号）在他的诗集《食后之歌》序中说及"那鄙俗而充满着眼泪的江户平民艺术"，这种净琉璃正是其一，可惜译文不行，只能述意而不能保存原有的情趣了。二世之缘的思想完全以轮回为根基，在惟物思想兴起的现代，心中男女恐不复能有莲花台之慰藉，未免益增其寂寞，但是去者仍大有人在，固亦由于经济迫压，一半当亦如《雅歌》所说由于"爱情如死之坚强"欤。中国人似未知生命之重，故不知如何善舍其生命，而又随时随地被夺其生命而无所爱惜，更未知有如死之坚强的东西，所以情死这种事情在中国是绝不会发见的了。

鼓吹心中的祖师丰后掾据说终以情死。那么我也有点儿喜欢这个玩意儿么？或者要问。"不，不。一点不。"

十五年，三月六日。

见三月七日的日文《北京周报》（199），所记稍详，据云女年十八岁，男子则名伊藤荣三郎，死后如遗书所要求合葬朝阳门外。女有信留给她的父亲，自叹命薄，并谆嘱父母无论如何贫苦勿再将妹子卖为艺妓。荣三郎则作有俗歌式的绝命词一章，其词曰，

> 交情愈深，便觉得这世界愈窄了。虽说是死了不会开花结实，反正活着也不能配合，还有什么可惜的这两条的性命。

《北京周报》的记者在卷头语上颇有同情的论调，但在《北京村之一点红》的记事里想象地写男女二人的会话，不免有点“什匿克”（这是孤桐社主的Cynic一字的译语）的气味，似非对于死者应取的态度。中国人不懂情死，是因为大陆的或惟物主义的之故，这说法或者是对的；日本人到中国来，大约也很受了惟物主义的影响了罢，所以他们有时也似乎觉得奇怪起来了。

关于三月十八日的死者

一

我是极缺少热狂的人，但同时也颇缺少冷静，这大约因为神经衰弱的缘故，一遇见什么刺激，便心思纷乱，不能思索更不必说要写东西了。三月十八日下午我往燕大上课，到了第四院时知道因外交请愿停课，正想回家，就碰见许家鹏君受了伤逃回来，听他报告执政府卫兵枪击民众的情形，自此以后，每天从记载谈话中听到的悲惨事实逐日增加，堆积在心上再也摆脱不开，简直什么事都不能做。到了现在已是残杀后的第五日，大家切责段祺瑞贾德耀，期望国民军的话都已说尽，且已觉得都是无用的了，这倒使我能够把心思收束一下，认定这五十多个被害的人都是白死，交涉结果一定要比沪案坏得多，这在所谓国家主义流行的时代或者是当然的，所以我可以把彻底查办这句梦话抛开，单独关于这回遭难的死者说几句感想到的话。——在首都大残杀的后五日，能够说这样平心静气的话了，可见我的冷静也还有一点哩。

二

我们对于死者的感想第一件自然是哀悼。对于无论什么死者我们都应当如此，何况是无辜被戕的青年男女，有的还是我们所教过的学生。我的哀感普通是从这三点出来，熟识与否还在其外，即一是死者之惨苦与恐怖，二是未完成的生活之破坏，三是遗族之哀痛与损失。这回的死者在这三点上都可以说是极量的，所以我们哀悼之意也特别重于平常的吊唁。第二件则是惋惜。凡青年夭折无不是可惜的，不过这回特别的可惜，因为病死还是天行而现在的戕害乃是人功。人功的毁坏青春并不一定是最可叹惜，只要是主者自己愿意抛弃，而且去用以求得更大的东西，无论是恋爱或是自由。我前几天在《茶话·心中》里说，“中国人似未知生命之重，故不知如何善舍其生命，而又随时随地被夺其生命而无所爱惜。”这回的数十青年以有用可贵的生命不自主地被毁于无聊的请愿里，这是我所觉得太可惜的事。我常常独自心里这样痴想，“倘若他们不死……”我实在几次感到对于奇迹的希望与要求，但是不幸在这个明亮的世界里我们早知道奇迹是不会出来的了。——我真深切地感得不能相信奇迹的不幸来了。

三

这回执政府的大残杀，不幸女师大的学生有两个当场被害。一位杨女士的尸首是在医院里，所以就搬回了；刘和珍女士是在执政府门口往外逃走的时候被卫兵从后面用枪打死的，所以尸首是在执政府，而执政府不知怎地把这二三十个亲手打死的死体当作宝贝，轻易不肯给人拿去，女师大的职教员用了九牛二虎之力，到十九晚才算好容易运回校里，安放在大礼堂中。第二天上午十时棺殓，我也去一看；真真万幸我没有见到伤痕或血衣，我只见用衾包裹好了的两个人，只馀脸上用一层薄纱蒙着，隐约可以望见面貌，似乎都很安闲而庄严地沉睡着。刘女士是我这大半年来从宗帽胡同时代起所教的学生，所以很是面善，杨女士我是不认识的，但我见了她们两位并排睡着，不禁觉得十分可哀，好象是看见我的妹子，——不，我的妹子如活着已是四十岁了，好象是我的现在的两个女儿的姊姊死了似的，虽然她们没有真的姊姊。当封棺的时候，在女同学出声哭泣之中，我陡然觉得空气非常沉重，使大家呼吸有点困难，我见职教员中有须发斑白的人此时也有老泪要流下来，虽然他的下颔骨乱动地想忍他住也不可能了。……

这是我昨天在《京副》发表的文章中之一节，但是关于刘杨二君的事我不想再写了，所以抄了这篇“刊文”。

四

二十五日女师大开追悼会，我胡乱做了一副挽联送去，文曰，

死了倒也罢了，若不想到二位有老母倚闾，亲朋盼信。

活着又怎么着，无非多经几番的枪声惊耳，弹雨淋头。

殉难者全体追悼会是在二十三日，我在傍晚才知道，也做了一联，

赤化赤化，有些学界名流和新闻记者还在那里诬陷。

白死白死，所谓革命政府与帝国主义原是一样东西。

惭愧我总是“文字之国”的国民，只会以文字来记念死者。

十五年三月十八日之后五日。

吃烈士

这三个字并不是什么音译，虽然读起来有点佶屈聱牙，其实乃是如字直说，就是说把烈士一块块地吃下去了，不论生熟。

中国人本来是食人族，象征地说有吃人的礼教，遇见要证据的实验派可以请他看历史的事实，其中最冠冕的有南宋时一路吃着人腊去投奔江南行在的山东忠义之民。不过这只是吃了人去做义民，所吃的还是庸愚之肉，现在却轮到吃烈士，不可谓非旷古未闻的口福了。

前清时捉到行刺的革党，正法后其心脏大都为官兵所炒而分吃，这在现在看去大有吃烈士的意味，但那时候也无非当作普通逆贼看，实行国粹的寝皮食肉法，以维护纲常，并不是如妖魔之于唐僧，视为十全大补的特品。若现今之吃烈士，则知其为——且正因其为烈士而吃之，此与历来之吃法又截然不同者也。

民国以来久矣没有什么烈士，到了这回五卅——终于应了北京市民的杞天之虑，因为阳历五月中有两个四月，正是庚子预言中的“二四加一五”——的时候，才有几位烈士出现于上海。这些烈士的遗骸当然是都埋葬了，有亲眼见过出丧的人可以为凭，但又有人很有理由地怀疑，以为这恐怕全已被人偷吃了。据说这吃的有两种方法，一曰大嚼，一曰小吃。大嚼是整个的吞，其功效则加官进禄，牛羊繁殖，田地开拓；有此洪福者闻不过一二武士，所吞约占十分七八，下馀一两个的烈士供大众知味者之分尝。那些小吃者多不过肘臂，少则一指一甲之微，其利益亦不厚，仅能多卖几顶五卅纱秋，几双五卅弓鞋，或在墙上多标几次字号，博得蝇头之名利而已。呜呼，烈士殉国，于委蜕更有何留恋，苟有利于国人，当不惜举以遗之耳。然则国人此举既得烈士之心，又能废物利用，殊无可以非议之处，而且顺应潮流，改良吃法，尤为可喜，西人尝称中国人为精于吃食的国民，至有道理。我自愧无能，不得染指，但闻“吃烈士”一语觉得很有趣味，故作此小文以申论之。

乙丑大暑之日。

闲话四则

一

沉默是一切的最好的表示。“吾爱——吾爱”地私语尚不是恋爱的究竟成就，天乎天乎地呼唤也还不足表出极大的悲哀；在这些时候真的表示应是化石般的，死的沉寂。有奇迹在眼前发现，见者也只是沉默，发怔，无论这是藤帽底下飞出一只鹁鸽或是死人复活。不可能的与不会有的事情发生都是同样的奇迹，同样的不可思议。譬如有人把一个人活活地吞下去了，无论后来吐不吐出来，看客一定瞪目结舌说不出话。将来还吐出来呢，那是变的上好的戏法，值得惊服；倘若不吐出来，那么就是简直把他果了腹，正如同煮了吃或蒸了吃一样，这也是言语道断，还有什么话可说。“查得吃人一事，与公理正义显有不合，……”这样说法岂不是只有傻子才说的呆话？

三月十八日以来北京有了不少的奇迹，结果是沉默，沉默，再是沉默。这是对的，因为这是惟一适当的对付法。

但是这又可以表示别的意思，一是恐惧，二是赞成。不过在我们驯良的市民，这是怎么一个比例，那可就很不易说了。

二

天下奇事真是不但无独而且还有偶。最近报载日本政府也要下令取缔思想了，只可惜因为怕学界反抗，终于还未发表。中国呢，学界隐居于六国饭店等地方了；这一点究竟是独而难偶的，是日本所决不能及的。

取缔思想这四个字真正下得妙极，昏极亦趣极。俄国什么小说中有乡下人曾这样地说："大野追风，拔鬼尾巴！"恰是适切的评语。追风犹追屁，不过追不着罢了，拔鬼尾巴便不大妥当了。这不但是鬼的小尾巴是拔不住的，万一侥天之幸而拔住了，——拔住了又怎么样呢？鬼尾巴的前头不是还有一个鬼么？你将怎么办？这好象是"倒拔蛇"，拔得出时是你的运气，但或者同时也是你的晦气。日本的政治家缺少历史知识，这是很可惜的，虽然他们的踌躇还有可取，毕竟比从前白俄的官宪高明得多了。

在中国，似乎有点不同，这只能说是拔猪尾巴罢，如在大糖房胡同所常见似的。

天下奇事到底是有独而无偶。

（十五年五月）

三

平常大家认为重罪的强奸，在乱时便似乎不大希奇了，传说，新闻，以至知县的公文上都冠冕堂皇地说及，仿佛只是天桥茶客打架似的一件极普通的官司。是的，这在乱世是没有法的，因为乱世的特色是乱：俗语云，“乱世的人还不如太平的狗。”在乱时战区内的妇女的命运大约就是两种，（逃走和躲避的自然除外，）一是怕强奸而自尽的，二是被强奸而活着的。第一种自有人来称她作烈女烈妇，加以种种哀荣，至少也有一首歌咏。第二种人则将为人所看不起，如同光时代的“长毛嫂嫂”，虽然她们也是可哀而且——可敬的。忍辱与苦恐怕在人类生存上是一个重要的原素，正如不肯忍辱与苦是别一个重要的原素一样。我们想到现存的人民多半是她们的苗裔，对于那些喜讲风凉话的云孙耳孙们真觉得不很能表赞同了。

一本古书上说，据历来的传说，在不知几千年前，有一回平定京师的时候，一个游勇强奸了妇女，还对她说，不准再被别人强奸。男性道德的精义全在这里了，他或者是讲风凉话的鼻祖罢？——喔！强奸怎么能作闲话的材料？我看了报上节俭的记述，仿佛觉得想说一两句话，不过这个题目实在太难，也只得节俭一点把笔“带住”了。

四

难民——这是现在北京的名物之一，几乎你往城内的任何处都能看见的，我在北京溷了十年，（前清时也曾来过一次，）这种景象还是初次见到。难民的家怎么样了，我因为不曾目击过，想不出来，但见了这副人工乞丐似的身命也就够不愉快了，而尤其使我不愉快的乃是难民妇女的脚。

她们的脚自然向来是如此，并不是被难之后才裹，或因逃难而特别走尖的。然而这实在尖得太可怕了。我以前的确也见过些神秘的小脚，几乎使人诧异“脚在哪里”地那么小，每令我感到自己终是野蛮民族而发出“我最喜欢见女人的天足”的慨叹。现在看见这脚长在难民身上，便愈觉得怃然。我并不说难民不配保有小脚，我只不知怎的感到小脚与难民之神妙的关系，仿佛可以说小脚是难民的原因似的。我自知也是她们的同族，但心里禁不住想，你们的遭难是应该的，可怜，你们野蛮民族。身上刺青，雕花，涂颜色，着耳鼻唇环的男女，被那有机关枪，迫击炮，以及飞机——啊，以及飞机的文明人所虐杀，岂不是极自然与当然的么？喔，我愿这是一个恶梦，一觉醒来，不见那些国粹的难民，国货的小脚！

但是这愿望或者太奢了，上帝未必肯见听罢？

（十五年六月）

关于宽容

十七世纪的一个法国贵族写了五百多条格言，其中有一则云，宽仁在世间当作一种美德，大抵盖出于我慢，或是懒，或是怕，也或由于此三者。这说的颇深刻，有点近于诛心之论，其实倒是事实亦未可知。有些故事记古人度量之大，多很有意思，今抄录两则于后，

南齐沈麟士尝出行，路人认其所着屐。麟士曰，是卿屐耶，即跣而反。其人得屐，送而还之。麟士曰，非卿屐耶，复笑而受。

宋富郑公弼少时，人有骂者。或告知曰，骂汝。公曰，恐骂他人。又曰，呼君名姓，岂骂他人耶。公曰，恐同姓名者。骂者闻之大惭。

这两件事都很有风趣，所以特别抄了出来，作为例子。他们对于这种横逆之来轻妙的应付过去，但是心里真是一点都没有觉得不愉快的么，这未必然，大概只是不屑计较而已。不屑

者就是觉得不值得，这里有了彼我高下的衡量之见，便与虚舟之触截然不同，不值得云者盖即是尊己卑人，亦正是我慢也。我在北京市街上行走，尝见绅士戴獭皮帽，穿獭皮领大衣，衔纸烟，坐包车上，在前门外热闹胡同里岔车，后边车夫误以车把叉其领，绅士略一回顾，仍晏然吸烟如故。又见洋车疾驰过，吆喝行人靠边，有卖菜佣担两空筐，不肯避道，车轮与一筐相碰，筐略旋转，佣即歇担大骂，似欲得而甘心者。岂真绅士之度量大于卖菜佣哉，其所与争之对象不同故也。绅士固不喜有人从后叉其领，但如叉者为车夫，即不屑与之计较，或其人亦为绅士之戴皮帽携手杖者，则亦将如佣之歇担大骂，总之未必肯甘休矣。卖菜佣并非对于车夫特别强硬，以二者地位相等，甲被乙碰，空筐旋转，如不能抗议，将名誉扫地，正如绅士之为其同辈所辱，欲保存其架子非力斗不可也。大度弘量，均是以上对下而言，其原因大抵可归于我慢，若以下对上，忍受横逆，乃是无力反抗，其原因当然全由于怕，盖不足道，惟由于懒者殊不多见，如能有此类例子，其事其人必大有意思，惜乎至今亦尚无从征实耳。

对人宽大，此外还有一种原因，虽归根亦是我慢，却与上边所说略有不同，便是有备无患之感，亦可云自恃。这里最好的例是有武艺的人，他们不怕人家的攻击，不必太斤斤较量，你们尽管来乱捶几下，反正打不伤他，到了必要时总有一手可以制住你的，而且他又知道自己的力量，看一般乏人有如初出壳的小鸡儿，用手来捏时生怕一不小心会得挤坏了，因此只好格外用心谨慎。这样的人大家大概都曾遇见过，我所知道得最清楚的有一位姓姚的，是外祖母家的亲戚，名为嘉福纲司。山阴县西界钱塘江，会稽县东界曹娥江，北为大海，海边居民驾蜑船航海，通称船主为纲司，纲或作江，无可考定。其时我年十三四，姚君年约四十许，朴实寡言，眼边红润，云为海风所吹之故，能技击，而性特谦和，惟为我们谈海滨械斗，挑起鹦哥灯点兵事，亦复虎虎有生气，可惜那时候年少不解事，不曾询问鹦哥灯如何挑法，至今以为恨。姚君的态度便是如我们上面所说的那样，仿佛是视民如伤的样子，毋我负人，宁人负我，不到最后是不还手的。不过这里很奇怪的是，关于自己是这样极端消极的取守势，有时候为了不相干的别人的事，打起抱不平来，却会得突然的取攻势，现出侠客的本色。有一天，他照例穿着毛蓝布大褂，很长的黑布背心，手提毛竹长烟管，在镇塘殿楝树下一带的海塘上走着。这塘路是用以划分内河外海的，相当的宽且高，路平泥细，走起来很是舒服。他走到一处，看见有两个人在塘上厮打，某甲与某乙都是他认识的，不过他们打得正忙却没有看见他。不久某乙被摔倒了，某甲还弯下腰去打他，这是犯了规律了，姚君走过去，用手指在某甲的尾闾骨上一挑，他便一个跟斗翻到塘外去了。某乙忽然不见了打他的人，另外一个人拿着长烟管扬长的在塘上走，有点莫名其妙，只好茫然回去。至于掉到海里去的人，淹死也是活该，恐怕也是不文的规律上所有的，没有人觉得不对，可是恰巧他识水性，所以自己爬上岸来，也逃出了性命。过了几天之后，姚君在镇塘殿的茶店里坐，听见某甲也在那里讲他的故事，承认自己犯规打人，被不知哪一个内行人挑下海里去，逃得回来实是侥幸。姚君听了一声不响，喝茶完了，便又提了烟管走了回来。我听姚君自己讲这件事，大约就在那一年里，以后时常记起，更觉得他很有意思，此不独可以证明外表谦虚者正以其中充实故，又技击虽小道，习此者大都未尝学问，而规律井井，作止有度，反胜于士大夫，更令人有礼失而求诸野之感矣。

此外还有两件事，都见于《史记》，因为太史公描写得很妙，所以知道的人非常多。这是关于张良和韩信的，

> 良尝闲从容步游下邳圯上，有一老父衣褐至良所，直堕其履圯下，顾谓良曰，孺子下取履。良愕然欲殴之，为其老强忍下取履。父曰，履我。良业为取履，因长跪履之。父以足受，笑而去。良殊大惊，随目之。
>
> 淮阴屠中少年有侮信者曰，若虽长大好带刀剑，中情怯耳，众辱之曰，信能死，刺我，不能死，出我胯下。于是信熟视之，俯出胯下蒲伏。一市人皆笑信以为怯。

这里形容得活灵活现，原是说书人的本领，却也很合情理的。张韩二君不是儒家人物，他们所遇见的至少又是平辈以上的人，却也这么忍受了，大概别有理由。张良狙击始皇不中，

避难下邳，报仇之志未遂，遇着老父开玩笑，照本常的例他是非打不可的了，这里却停住了手，为什么呢，岂不是为的怕小不忍则乱大谋么，书中说为其老，固然是太史公的掉笔头，在文章上却也更富于人情味。至于韩信，他被猪店伙计当众侮辱，很有点象杨志碰到了泼皮牛二，这在他也是忍受不下去的事，可是据说他熟视一番也就爬出胯下，可见其间不无勉强。太史公云，淮阴人为馀言韩信，虽为布衣时，其志与众异，那么他的忍辱也是有由来的了。在抱大志谋大事的人，往往能容忍较小的荣辱，这与一般所谓大度的人以自己的品格作衡量容忍小人物，虽然情形稍有不同，但是同样的以我慢为基本，那是无可疑的。我看书上记载古人的盛德，读下去常不禁微笑，心里想道，这位先生真傲慢得可以，他把这许多人儿都不放在眼里，或者是一口吞下去了。俗语有云，宰相肚里好撑船，这岂不说明他就是吞舟之鱼么。象法国格言家那么推敲下去，这一班傲慢的仁兄们的确也并不见得可喜，而争道互殴的挑夫倒反要天真得多多，不过假如真是满街的殴骂，也使人不得安宁，所以一部分主张省事的人却也不可少，不过称之曰盛德，有点象是幽默，我想在本人听了未免暗地里要觉得好笑吧。印度古时学道的人有羼提这一门，具如《忍辱度无极经》中所说，那是别一路，可以说炉火纯青，为吾辈凡夫所不能及，既是门槛外的事，现在只好不提了。

三十四年一月，小寒节中。

关于测字

周栎园的著作，除诗文集外，我都有点喜欢，颇想收集来看。所著如《因树屋书影》十卷，《闽小记》四卷，《读书录》四卷，《印人传》三卷，所辑如《字触》六卷，《同书》四卷，《尺牍新钞》三集各十二卷，均有可取，板刻亦多精好。《字触》有咸丰间伍氏刻本，收入粤雅堂丛书中，流传最多，其后有桑氏编《字触补》六卷，光绪辛卯年刊行，所补凡七百馀事。据《字触》方尔止序中云，

> 栎园周先生通才博学，无所不能，尝取谢石之法为人断疑，往往奇中，因攟摭古今字说之有据者，萃为一编曰“字触”，触者随意所触，引而伸之，不必其字本义也。

原书虽分廋、外、晰、几、谐、说六部，重要的还是在于外之部，凡例中云，

外之为义，与触无殊，因一字而离合，连数字为引伸，全编大旨以此为归。

栎园本善测字，因有此兴趣故编《字触》一书，可为测字研究资料。赵瓯北《陔馀丛考》卷三十四测字一则中云，

案，此术不知起于何时，《后汉书》，公孙述梦有人告之曰，八厶子系十二为期，述以为公孙当贵之兆，遂称帝。蔡茂传，茂梦坐大殿上，有三禾，茂取之得其中穗，又失，郭贺曰，于字禾失为秩，虽曰失之，乃所以得禄也。此后世测字之权舆，然未有专以此为术者。近见王棠《知新录》引宋谢石以拆字擅名，然此术实不自谢石始。

大抵论事物原始极不易，所引二事乃是占梦，不过以文字离合为之，与拈一字为占者不同，若文献可征，也只是可以说最早见于何时史传，不能即断为其时始有。俞曲园《右台仙馆笔记》卷十有记范时行一则，中有云，

拆字之术古谓之相字，在宋则有谢石，见何薳《春渚纪闻》，在明则有张乘槎，见镏绩《霏雪录》，谢石事人多知之，至张乘槎则知其名者少矣。其法随举一字，就机之所触而断吉凶，今江湖间挟此

技糊口者，先有一定之字，各就其字习成口诀，以应问者，此岂能有中哉。

查考测字的历史，大约只能如此，与其往前钻入牛角湾，还不如往后看他变迁之迹，假如能够看得出一点点来，倒是很有意思的事情吧。我们第一便举谢石为例，据《春渚纪闻》卷二所记，看他的字是怎么测法的，

谢石润夫，成都人，宣和间至京师，以相字言人祸福，求相者但随意书一字，即就其字离析而言，无不奇中者。有朝士其室怀妊过月，手书一也字令其夫持问石，是日座客甚众，石详视字谓朝士曰，此阁中所书否？曰，何以言之。曰，谓语助者，焉哉乎也，固知是公内助所书，尊阁盛年三十一否？曰，是也。以也字上为三十，下为一字也。然吾官人寄此当力谋迁动而不可得否？曰，正以此为挠耳。盖也字着水则为池，有马则为驰，今池运则无水，陆驰则无马，是安可动也。又尊阁父母兄弟近身亲人当皆无一存者，以也字着人则是他字，今独见也字而不见人故也。又尊阁其家物产亦当荡尽否。以也字着土则为地字，今又不见土也。二者俱是否？曰，诚如所言也。朝士即谓之曰，是皆非所问者，但贱室以怀妊过月，方切忧之，所以问耳。石曰，是必十三个月也，以也字中有

十字，并两傍二竖下一画为十三也。

这里记的很是活现，实际或未必如此，但大概情形总可以知道了。张乘槎释来远楼事太简单，今且略去，改举范时行为例，《右台仙馆笔记》云，

> 乾隆间苏人有范时行者颇善此术，所言不烦而悉有意义，每日以得钱六百为率，钱足则谢客寂坐，有君平卖卜之风。一营兵拈棊字问终生休咎，范曰，凡围碁之子愈着愈多，象棊之子愈着愈少，今所拈是棊字非碁字，从木不从石，则是象棊子非围碁子也，恐家中人口日益凋零矣。其人曰，是也，然此非所问，问日后何如耳。范曰，观尔装束是行伍中人，乃象棊中所谓卒也，卒在本界止行一步，若过河后则纵横皆可行，以是言之，尔宜出外方可得志，然卒过河亦止行一步，纵尔外出亦不能大得志也。

馀二事不具录，曲园结论之曰，“诸如此类甚多，余幼时闻故老传说，今不能悉记，姑书此三事，庶范时行之名异时或与谢石张乘槎并传也。”第三个例可以举出吾乡的陶二峰来，在孙彦清《寄龛丙志》卷四中有一则云，

> 越陶二峰咸同间以拆字名，积资成小康，且享

高年，盖精其艺谈言多奇中，人皆信之，因之随事寓劝戒，多所感化，理宜获福报也。偶与友人论宋谢石事，忆得所见数则书之，他日可备传方伎者蓝本。

有无赖欲搆陷人，就拈得翠字，陶曰，君从军得翎顶乎？曰，何由知之。陶曰，卒头着羽，易见也。无赖为瞿然，请究其说，则书卒字，画其中成辛字曰，看似辛苦立业，又并书两人字曰，毕竟满腹小人计画。又书羽字，加番字曰，自谓羽毛丰满，若不翻然悔悟，又书两卒字，一加石一加瓦曰，恐石也碎瓦也瓶。无赖遂戢其谋。

有欲讼其兄者，拈得未字。曰，此事得勿有佘姓若朱姓者主之乎，因书两未字，一加人一加撇曰，佘看似人实非人，朱则不成人也。其人实有县吏朱某役佘某唆之，遂大服。乃拭未上画加木下曰，明明一本之亲，如何自斧其根，以下陵上。又书天字，引笔自下而上作直贯之曰，纵有一枝刀笔冲得天破，又先书人字，加两画成天字曰，须知天字盖得人字周周正正，平放眼前，倘天理人心认不清楚，又书未字加口字曰，恐将来恶味有说不尽也。其人亦愓然而止。

有甲乙各拟与人合资营运。甲拈得摺字，如书右旁曰，君于此既所素習，又书左旁作两字，一加巴一加屋曰，颇有把握。又书羽字，加两笔曰，但能落笔停匀，是好朋友，又书拍字曰，必然合拍。又书白加巾曰，果然财帛分明，又书扌加殳，又书白字手字各一曰，则投无不利，不难白手成家。乙拈得多字，书两字，一加句一加果曰，自嫌不够，勾引他人，强人合夥，必无结果。又并书两夕字曰，硬拉拢来，看似朋友，毕竟心中一半不交付君。又书夕加口曰，恐有名无实，徒多口舌尔。后甲果得利，乙竟以折阅成讼。所以神验者，由字旁原系卦象，虽就字立说，其吉凶则仍以日辰与易理消息而得之。

余素不信术数，甲子小试前偶为同学强邀，就拈得蓰字。陶曰，君前此殆久屈矣，因书艹曰，芹字犹未全也，继就加斤曰，然不日成事矣，且高占芹头，名次当不居人下。又书两也字，一加氵曰，有池可养化龙鱼，一加土曰，有地可栽栖凤竹。又书一施字一芳字曰，勉之哉，倘能德施于民，可以流芳百世。是年侥幸果以第一入县学，然末二语则因循至今，徒呼负负，转以无能贻陶君失言之诮矣。

此一则有七百馀字，今全录之，因为足以见近代测字的情形，同治甲子距今已八十年，其施术次第与口吻似无多变革，孙君此文颇有史料的价值。陶二峰测字店后来尚存在，光绪癸巳春间余曾从章运土一往看，主者仍称陶二峰，年仿佛四十许，当是二峰之孙辈。是岁值大当年，新年供祖象有古铜大五事，即烛台香炉插瓶，需人看守以防窃盗，运土来任此役，及十八日了后乃抽空往测字，因与偕往。所拈何字及如何拆法已不能记忆，惟闻主者语中有昏天黑地，阴阳搭戤云云，末则厉声曰，勿可着鬼似的那么着，着鬼者俗语谓鬼附体也。测字毕，视运土惶恐不堪，垂头丧气而出。当时不知这是怎么一回事，颇以为怪，及后若干年闻运土出妻，纳村中寡妇，家运日倾，乃悟其时盖正在计画此事，为术者所诃斥，惟未能遂戢其谋，为可惜耳。测字而加以训责，似为陶二峰家传之方式，其如何决定应骂与否颇为微妙，孙君虽归之于易理，恐未必然，大抵是由于经验，察言观色，定其人为何如人，所谋为何如事，殆可得其七八矣。越中有看相为业者颇有名，尝语其友人曰，吾辈看相根据相书者十之三，悬揣者亦十之三，其他则出于多年之经验，有如老朝奉看当头，看得多也就看得准，一眼看定，还出价去，也总十不离九了。读书人捧牢书本，只知道说那一套正宗的空话，对于眼前的人情物理全不了解，误了多少大事，连测字看相的江湖术士还不如，此种惭愧我辈不可不知也。

三十三年十一月十一日，东郭生记。

关于送灶

翻阅历书，看出今天已是旧历癸未十二月二十三日，便想起祭灶的事来。案明冯应京《月令广义》云，

> 燕俗，图灶神锓于木，以纸印之，曰灶马，士民竞鬻，以腊月二十四日焚之，为送灶上天。别具小糖饼奉灶君，具黑豆寸草为秣马具，合家少长罗拜，祝曰，辛甘臭辣，灶君莫言。至次年元旦，又具如前，为迎灶。

刘侗《帝京景物略》云，

> 二十四日以糖剂饼黍糕枣栗胡桃炒豆祀灶君，以槽草秣灶君马。谓灶君翌日朝天去，白家间一岁事，祝曰，好多说，不好少说。记称灶老妇之祭，今男子祭，禁不令妇女见之。祀余糖果，禁幼女不得令啖，曰，啖灶余则食肥腻时口圈黑也。

《日下旧闻考》案语乃云，

京师居民祀灶犹仍旧俗，禁妇女主祭，家无男子，或迎邻里代焉。其祀期用二十三日，惟南省客户则用二十四日，如刘侗所称焉。

敦崇《燕京岁时记》云，

二十三日祭灶，古用黄羊，近闻内廷尚用之，民间不见用也。民间祭灶惟用南糖关东糖糖饼及清水草豆而已，糖者所以祀神也，清水草豆者所以祀神马也。祭毕之后，将神象揭下，与千张元宝等一并焚之，至除夕接神时再行供奉。是日鞭炮极多，俗谓之小年下。

震钧《天咫偶闻》，让廉《京都风俗志》均云二十三日送灶，惟《志》又云，祭时男子先拜，妇女次之，则似女不祭灶之禁已不实行矣。

南省的送灶风俗，顾禄《清嘉录》所记最为详明，可作为代表，其文云，

俗呼腊月二十四夜为念四夜，是夜送灶，谓之送

灶界。比户以胶牙饧祀之，俗称糖元宝。又以米粉裹豆沙馅为饵，名曰谢灶团。祭时妇女不得预。先期僧尼分贻檀越灶经，至是填写姓氏，焚化禳灾，篝灯载灶马，穿竹箸作杠，为灶神之轿，舁神上天，焚送门外，火光如昼，拨灰中篝盘未烬者还纳灶中，谓之接元宝。稻草寸断，和青豆为神秣马具，撒屋顶，俗呼马料豆，以其馀食之眼亮。

这里最特别的有神轿，与北京不同，所谓篝灯即是善富，同书云，

厨下灯檠，乡人削竹成之，俗名灯挂。买必以双，相传灯盘底之凹者为雌，凸者为雄。居人既买新者，则以旧灯糊红纸，供送灶之用，谓之善富。

《武林新年杂咏》中有善富灯一题，小序云，

以竹为之，旧避灯盏盏字音，锡名燃釜，后又为吉号曰善富。买必取双，俗以环柄微裂者为雌善富，否者为公善富。腊月送灶司，则取旧灯载印马，穿细薪作杠，举火望燎曰，灶司乘轿上天矣。

越中亦用竹灯檠为轿，名曰各富，虽名义未详，但可知

燃釜之解释殆不可凭。各富状如小儿所坐高椅，高约六七寸，背半圆形即上文所云环柄，以便挂于壁间，故有灯挂之名。中间有灯盘，以竹连节如杯盏处劈取其半，横穿斜置，以受灯盏之油滴，盏用瓦制者，置檠上，与锡瓦灯台相同。小时候尚见菜油灯，惟已不用竹灯檠，故各富须于年末买新者用之，亦不闻有雌雄之说，但拾箸盘馀烬纳灶中，此俗尚存，至日期乃为二十三日，又男女以次礼拜，均与吴中殊异。俗传二十三日平民送灶，堕贫则用二十四日，堕贫者越中贱民，民国后虽无此禁，仍不与齐民伍，但亦不知究竟真是二十四日否也。厉秀芳《真州竹枝词》引云，

> 二十三四日送灶，卫籍与民籍分两日，俗所谓军三民四也。

无名氏《韵鹤轩杂著》卷下有《书茶膏阿五事》一篇，记阿五在元妙观前所谈，其一则云，

> 一日者余偶至观，见环而集者数十百人，寂寂如听号令。膏忽大言曰，有人戏嘲其友曰，闻君家以腊月廿五祀灶，有之乎？友曰，有之，先祖本用廿七，先父用廿六，及仆始用廿五，儿辈已用廿四，孙辈将用廿三矣。闻者绝倒。余心惊之，盖因俗有官三民四，乌龟廿五之说也。

《杂著》《笔谈》各二卷，总名“皆大欢喜”，道光元年刊行，盖与顾铁卿之《清嘉录》差不多正是同时代也。

送灶所供食物，据记录似均系糖果素食，越中则用特鸡，虽然八月初三灶司生日以蔬食作供，又每月朔望设祭亦多不用荤，不知于祖饯时何以如此盛设，岂亦是不好少说之意耶。祭毕，仆人摘取鸡舌，并马料豆同撒厨屋之上，谓来年可无口舌。顾张思《土风录》卷一祀灶下引《白虎通》云，祭灶以鸡。又东坡《纵笔》云，明日东家应祭灶，只鸡斗酒定燔吾。似古时用鸡极为普通，又范石湖《祭灶》云，猪头烂肉双鱼鲜，则更益丰盛矣。灶君象多用木刻墨印，五彩着色，大家则用红纸销金，如《新年杂咏》注所云者，灶君之外尚列多人，盖其眷属也。《通俗编》引《五经通义》谓灶神姓苏，名吉利，或云姓张，名单，字子郭，其妇姓王，名搏颊，字卿忌。《酉阳杂俎》谓神名隗，一字壤子，有六女，皆名察洽。此种调查不知从何处得来，但姑妄听之，亦尚有趣，若必信其姓张而不姓苏，大有与之联宗之意，则未免近于村学究，自可不必耳。

关于灶的形式，最早的自然只有明器可考，如罗氏《明器图录》，滨田氏《古明器图说》所载，都是汉代的作品，大抵是长方形，上有二釜，一头生火，对面出烟，看这情形似乎别无可以供奉灶君的地方。现今在北京所看见的灶虽多是一两面靠墙，可是也无神座，至多墙上可以贴神马，罗列祭具的地位却还是没有。越中的灶较为复杂，恰好在汪辉祖《善俗书》中有一节说的很得要领，可以借抄。这是汪氏任湖南宁远知县时所作，其第四十二则曰用鼎锅不如设灶，有小引云，宁俗家不设灶，一切饮食皆悬鼎锅以炊，饭熟另鼎煮菜，兄弟多者娶妇则授以鼎锅，听其别炊。文中劝人废鼎用灶，记造灶之法云，

余家於越，炊爨以柴以草，宁远亦然，是越灶之法宁邑可通也。越中居人皆有灶舍，其灶约高二尺五六寸，宽二尺馀，长六尺八尺不等。灶面着墙处，墙中留一小孔，以泄洗碗洗灶之水。设灶口三，安锅三口，小锅径宽一尺四寸，中锅径宽一尺六寸或一尺八寸，大锅径宽二尺或二尺二寸。于两锅相隔处旁留一孔，安砂锅一曰汤罐，三锅灶可安两汤罐，中人之家大概只用两锅灶。尺四之锅容米三升，如止食十馀人，则尺六尺八一锅已足。锅用木盖，约高二尺，上狭下广。入米于锅，米上馀水二三指，水干则饭熟矣。以薄竹编架，横置水面，肉汤菜饮之类，皆可蒸于架上，一架不足，则碗上再添一架，下架蒸生物，上架温熟物，饭熟之后稍延片时，揭盖则生者熟，熟者温，饭与菜俱可吃，而汤罐之水可供洗涤之用，便莫甚焉。锅之外置石板一条，上砌砖块，曰灶梁，约高二尺馀，宽一尺馀，着墙处可奉灶神，余置碗盘等物。梁下为灶门，灶门之外拦以石条，曰灰床，饭熟

则出灰于床，将满则迁之他处。灶神之后墙上盘砖为突，高于屋檐尺许，虚其中以出烟，曰烟熜，熜之半留一砖，可以启闭，积烟成煤，则启砖而扫去之，以防火患，法亦慎密。

这里说奉灶神处似可稍为补充，云靠墙为烟突，就烟突与灶梁上边平面成直角处作小舍，为灶王殿，高尺许，削砖为柱，半瓦作屋檐而已。舍前平面约高与人齐，即用作供几，又一段稍低，则置烛台香炉，右侧向锅处中虚，如汪君言可置盘碗，左则石板上悬，引烟入突，下即灰床。李光庭《乡言解颐》卷四庖厨十事之一为煤炉，小引云，

乡用柴灶，京用煤灶。煤灶曰炉台，柴灶曰锅台，距地不及二尺，烹饪者须屈身，故久于厨役有致驼背者，今亦为小高灶，然终不若煤炉之便捷也。

李氏宝坻县人，所言足以代表北方情状，主张鼎烹，与汪氏之大锅饭菜异。大抵二者各有所宜，大灶惟大家庭合用，越中小户单门亦只以风炉扛灶供烹饪，不悉用双眼灶也。

三十三年一月十八日，在北京所写。

雨的感想

今年夏秋之间北京的雨下的不大多，虽然在田地里并不旱干，城市中也不怎么苦雨，这是很好的事。北京一年间的雨量本来颇少，可是下得很有点特别，他把全年份的三分之二强在六七八月中间落了，而七月的雨又几乎要占这三个月份总数的一半。照这个情形说来，夏秋的苦雨是很难免的。在民国十三年和二十七年，院子里的雨水上了阶沿，进到西书房里去，证实了我的苦雨斋的名称，这都是在七月中下旬，那种雨势与雨声想起来也还是很讨嫌，因此对于北京的雨我没有什么好感，象今年的雨量不多，虽是小事，但在我看来自然是很可感谢的了。

不过讲到雨，也不是可以一口抹杀，以为一定是可嫌恶的。这须得分别言之，与其说时令，还不如说要看地方而定。在有些地方，雨并不可嫌恶，即使不必说是可喜。囫囵的说一句南方，恐怕不能得要领，我想不如具体的说明，在到处有河流，满街是石板路的地方，雨是不觉得讨厌的，那里即使会涨大水，成水灾，也总不至于使人有苦雨之感。我的故乡在浙东的绍兴，便是这样的一个好例。在城里，每条路差不多有一条小河平行着，其结果是街道上桥很多，交通利用大小船只，民间饮食洗濯依赖河水，大家才有自用井，蓄雨水为饮料。河岸大抵高四五尺，下雨虽多尽可容纳，只有上游水发，而闸门淤塞，下流不通，成为水灾，但也是田野乡村多受其害，城里河水是不至于上岸的。因此住在城里的人遇见长雨，也总不必担心水会灌进屋子里来，因为雨水都流入河里，河固然不会得满，而水能一直流去，不至停住在院子或街上者，则又全是石板路的关系。我们不曾听说有下水沟渠的名称，但是石板路的构造仿佛是包含有下水计画在内的，大概石板底下都用石条架着，无论多少雨水全由石缝流下，一总到河里去。人家里边的通路以及院子即所谓明堂也无不是石板，室内才用大方砖砌地，俗名曰地平。在老家里有一个长方的院子，承受南北两面楼房的雨水，即使下到四十八小时以上，也不见他停留一寸半寸的水，现在想起来觉得很是特别。秋季长雨的时候，睡在一间小楼上或是书房内，整夜的听雨声不绝，固然是一种喧嚣，却也可以说是一种萧寂，或者感觉好玩也无不可，总之不会得使人忧虑的。吾家濂溪先生有一首《夜雨书窗》的诗云，

秋风扫暑尽，半夜雨淋漓。
绕屋是芭蕉，一枕万响围。
恰似钓鱼船，篷底睡觉时。

这诗里所写的不是浙东的事，但是情景大抵近似，总之说是南方的夜雨是可以的吧。在这里便很有一种情趣，觉得在书室听雨如睡钓鱼船中，倒是很好玩似的。下雨无论久暂，道路不会泥泞，院落不会积水，用不着什么忧虑，所有的惟一的忧虑只是怕漏。大雨急雨从瓦缝中倒灌而入，长雨则瓦都湿透了，可以浸润缘入，若屋顶破损，更不必说，所以雨中搬动面盆水桶，罗列满地，承接屋漏，是常见的事。民间故事说不怕老虎只怕漏，生出偷儿和老虎猴子的纠纷来，日本也有虎狼古屋漏的传说，可见此怕漏的心理分布得很是广远也。

下雨与交通不便本是很相关的，但在上边所说的地方也并不一定如此。一般交通既然多用船只，下雨时照样的可以行驶，不过篷窗不能推开，坐船的人看不到山水村庄的景色，或者未免气闷，但是闭窗坐听急雨打篷，如周濂溪所说，也未始不是有趣味的事。再说舟子，他无论遇见如何的雨和雪，总只是一蓑一笠，站在后艄摇他的橹，这不要说什么诗味画趣，却是看去总毫不难看，只觉得辛劳质朴，没有车夫的那种拖泥带水之感。还有一层，雨中水行同平常一样的平稳，不会象陆行的多危险，因为河水固然一时不能骤增，即使增涨了，如俗语所云，水涨船高，别无什么害处，其惟一可能的影响乃是桥门低了，大船难以通行，若是一人两桨的小船，还是往来自如。水行的危险盖在于遇风，春夏间往往于晴明的午后陡起风暴，中小船只在河港阔大处，又值舟子缺少经验，易于失事，若是雨则一点都不要紧也。坐船以外的交通方法还有步行。雨中步行，在一般人想来总很是困难的吧，至少也不大愉快。在铺着石板路的地方，这情形略有不同。因为是石板路的缘故，既不积水，亦不泥泞，行路困难已经几乎没有，馀下的事只须防湿便好，这有雨具就可济事了。从前的人出门必带钉鞋雨伞，即是为此，只要有了雨具，又有脚力，在雨中要走多少里都可随意，反正地面都是石板，城坊无须说了，就是乡村间其通行大道至少有一块石板宽的路可走，除非走入小路岔道，并没有泥泞难行的地方。本来防湿的方法最好是不怕湿，赤脚穿草鞋，无往不便利平安，可是上策总难实行，常人还只好穿上钉鞋，撑了雨伞，然后安心的走到雨中去。我有过好多回这样的在大雨中间行走，到大街里去买吃食的东西，往返就要花两小时的工夫，一点都不觉得有什么困难。最讨厌的还是夏天的阵雨，出去时大雨如注，石板上一片流水，很高的钉鞋齿踏在上边，有如低板桥一般，倒也颇有意思，可是不久云收雨散，石板上的水经太阳一晒，随即干涸，我们走回来时把钉鞋踹在石板路上嘎啷嘎啷的响，自己也觉得怪寒伧的，街头的野孩子见了又要起哄，说是旱地乌龟来了。这是夏日雨中出门的人常有的经验，或者可以说是关于钉鞋雨伞的一件顶不愉快的事情吧。

以上是我对于雨的感想，因了今年北京夏天不大下雨而引起来的。但是我所说的地方的情形也还是民国初年的事，现今一定很有变更，至少路上石板未必保存得住，大抵已改成蹩脚的马路了吧。那么雨中步行的事便有点不行了，假如河中还可以行船，屋下水沟没有闭塞，在篷底窗下可以平安的听雨，那就已经是很可喜幸的了。

民国甲申，八月处暑节。

医师礼赞

宋朝的范仲淹有一句话，表示他的志愿，说不为良相则为良医。这句话很普通，知道的人很多，但是我觉得很喜欢，也极可佩服。《史记》曾云，国乱则思良相，这本来是极重要的，如今把他同良医连在一起来说，我觉得有意思的就在这里。政治与医学，二者之间盖有相通之处，据我想来，医生未必须学政治家的做法，或者大政治家须得有医师的精神这才真能伟大吧。我喜欢翻阅世界医学史，里边多有使我们感激奋发的事。我常想医疗或是生物的本能，如犬猫之自舐其创是也，但其发展为活人之术，无论是用法术或方剂，总之是人类文化之一特色，虽然与梃刃同是发明，而意义迥殊，中国称蚩尤作五兵，而神农尝药辨性，为人皇，可以见矣。医学史上所记便多是这些仁人之用心，不过大小稍有不同，我想假如人类要找一点足以自夸的文明证据，大约只可求之于这方面吧。据史家伊略脱斯密士在《世界之初》中说，创始耕种灌溉的人成为最初的王，在他死后便被尊崇为最初的神，还附有五千多年前的埃及石刻画，表示古圣王在开掘沟渠，这也说的很有意思。案神农氏在中国正是极好的例，他教民稼穑，又发明医药，农固应为神，良医又与良相并重，可知医之尊，良相云者即是讳言王耳。由此观之，政治的原始的准则是仁政，政治家也须即是仁人，无论其为巫，为农或为医，都是一样，但是我们现在所谈则只是关于医的一方面，所以别的事情也就暂且不提了。

讲到医师的伟大精神，第一想起来的是古来所谓希坡克拉德斯之誓愿。希氏生于希腊，称医药之父，生当中国周代，与摄政同时，有集六十篇传与世，基督前三世纪初所编成，距屈原怀沙之年盖亦不远也。《誓愿》为集中之一篇，分为两部分。其一是尊师。他当视教他的人有如父母，与之共生活，如有必要当供给之，当视其子如己子，如愿学医者当教诲之，没有报酬或契约。其二是医生的本分。他当尽心力为病家处方疗养，不为损害之事，不予人以毒药，即使有人请求，亦不参与商榷，不与妇女堕胎。凡所见闻关于人生的事，在行医时或其他时所知，而不当在外张扬者，严守秘密。如《誓愿》中说及，总之他当保守他的生活与技术之圣洁。这并不是宗教的宣誓，其意义只是世俗的，而其精神却至伟大，此誓愿与文句未必真是希氏所定，但显然承受他的精神，传至后世一直为医师行业的教训。官吏就职也有宣誓的仪式，我们听得很多，与这个相比便显得是游戏，只是跳加官而已。其次，近代医学上消毒的成功即是仁术之一证明。我曾赞叹说，巴斯德从啤酒的研究知道了霉菌的传染，这影响于人类福利者有多么大，单就外科伤科产科来说，因了消毒的施行，一年中要救助多少人命，以功德论，恐怕十九世纪的帝王将相中没有人可以及得他来。这应用在内科上，接种的疗法大为发达，从前只有牛痘一法可防天花，现在则向来所恐惧的传染病大抵可以预防，霉菌学者的功劳的确不小。还有生理学的研究与病理学一同进步，造出好些药饵如维他命与诃耳蒙，与其说药石无宁称为补剂，去病亦转为养生，这种新的方剂有益于身体，新的观念也于人心上同样的有益。《老学庵笔记》有一则记事云，

> 青城山上官道人，北人也，巢居食松麨，年九十矣，人有谒之者，但粲然一笑耳，有所请问则托言病聩，一语不肯答。予尝见之于丈人观道院，忽自语养生曰，为国家致太平与长生不死，皆非常人所能然，且当守国使不乱以待奇材之出，卫生使不夭以须异人之至，不乱不夭皆不待异术，惟谨而已。予大喜，从而叩之，则已复言聩矣。

养生之道通于治国，殆是道家的学说，这里明了的说出，而归结于谨之一字，在中国尤为与政治的病根适合。这种思想不算新了，却是合于学理的，补固是开源，谨亦是节流，原是殊途而同归也。

医师与政治家一样，所要的资格与条件是学问与经验，见识与道德，这末一件列在最后却是最要。俗语云，医生有割股之心，率直的说得好，股固可不必割，但根本上是利他的

事，所以这种心也不可无，不过此未免稍近于佛教的，而不是儒道的说法耳。也有医师其道德却近于科学的。尝见有西国医生，遇老媪生瘤求割治，无力付给施疗病室的每天一角五分的饭钱，方欲辞去，医生苦留不得，乃为代付七天的饭钱一圆另五分，住院治讫始纵之去。他何为必欲割此风马牛之赘疣，岂将自记阴功乎，殆因看着可割之瘤而不令割去，殊觉得不好过，故必欲割之而后快，古人或称为技痒，实则谓其本于技术的道德亦可也。诊察疾病，以学问经验合而断之，至于如何处分，则须有见识为主，或须立即开刀，既不能以现今倦怠，延至后日，养痈贻患，又或须先加静养，亦不能急功近利，妄下刀圭，揠苗助长，此既需有识力，而利他的宗旨为之权衡，乃尤为重要。其实一切人类文化悉当如是，今乃独见之于医术，其原因固亦由于医师之用心，在他方面虽与宗旨违失，祸及生民，所在多有，却没有病人死在面前，证明药石之误下，故人多不觉，主者乃得漏网耳。单就这一点看来，医师之可尊过于一般士大夫，盖已显然可知矣。

我这里礼赞医师，所赞的医师当然以良医为限，那是没有问题的。所谓良医有两个意思，其一是能医好病的医生。医生的本领原来是在于医病，但未必全都能医好，这也是无可如何，最怕的是反而医出病来，那就总不能算是良医了。这样的医生却是古已有之，如《笑得好》有一则云，

一医家迁居，辞邻舍曰，向忝邻末，目今迁居，

无物可为别敬，每位奉药一服。邻人辞以无病，医人曰，你只吃了我的药，自然有病了。

其次的良医是良善的医生。医师能医得好病，那是很好的了，假如他要大拷竹杠，也就不见得可以礼赞，这种医生在《笑林》里不见提及，所以现在无例可引。为什么不见于笑话里呢。这个理由谁知道，大概是因为不觉得可笑，大家只是有点怕他罢了。还有一层，我所谓医指的是现代受过科学训练的医生，别的不算在内，这也须得附带的说明一句。

男人与女人

《男人与女人》是一部游记的名称。德国有名的性学者希耳失菲耳特博士于一九三一年旅行东方，作学术讲演，回国后把考察所得记录下来，结果就是这部游记。我所有的是格林的英译本，一九三五年出版，那时著者已经逃往美洲做难民去了，因为在两年前柏林的研究所被一班如醉如痴的青年所毁，书籍资料焚烧净尽。民国二十二年五月十四日《京报》上载有焚性书的纪事，说德国的学生将所有图书尽搬到柏林大学，定于五月十日焚烧，并高歌欢呼，歌的起句是日耳曼之妇女兮今已予以保护兮。青年一时的迷妄本是可以原恕的，如《路加福音》上所记的耶稣的话，因为他们所作的他们不晓得。所可惜的是学术上的损失。我因此想到，希博士这次旅行的收获自然也在内，如游记中所说日本友人所赠的枕绘本，爪哇土王所赠的雕像，当亦已被焚毁了吧。——且说这部游记共分为四部分，即远东，南洋，印度，近东，是也。第一分中所记是关于日本与中国的事情，其中自第十二至二十九各节都说的是中国，今抄述几段出来，我觉得都很有意义，不愧为他山之石，

值得我们深切的注意。十七节记述在南京与当时的卫生部长刘博士的谈话，有一段云，

> 部长问，对于登记妓女，尊意如何，你或当知道，我们向无什么统制的办法。我答说，没有多大用处。卖淫制度非政府的统制所可打倒，我从经验上知道，你也只能制止他的一小部分，而且登记并不就能够防止花柳病。从别方面说，你标示出一群人来，最不公平的侮辱她们，因为卖淫的女人大抵是不幸的境遇之牺牲者，也是使用她们的男子或是如中国人所常有的为了几块银圆卖了她们的父母之牺牲者也。部长又问，还有什么别的方法可以遏止卖淫呢，我答说，什么事都不成功，若不是有更广远的，更深入于社会学的与性学的方面之若干改革。

二十五节说到多妻制度，有一个简单的统计云，

> 据计算说，现在中国人中，有百分之约三十只有一个妻子，百分之约五十，包括许多苦力在内，有两个妻子，百分之十娶有三个以至六个女人，百分之五左右有六个以上，其中有的多至三十个妻子，或者更多。关于张宗昌将军，据说他有八十个妻妾，在他战败移居日本之前，他只留下一个，其馀的都给钱遣散

了。我在香港，有人指一个乞丐告诉我，他在正妻之外还养着两房正妾云。

关于鸦片也时常说及，二十八节云，

鸦片在中国每年的使用量，以人口摊派，每人有三十一公厘（案约合一钱弱）之多，每人每日用量自半公厘以至三十公厘。德国每年使用量以人口计为每人十分之一公厘，美国所用鸦片颇多，其位置在中国之次，使用量亦只是二公厘又十分之三公厘。

第四分九十八节中叙述埃及人服用大麻烟的情形，说到第一次欧战后麻醉品服用的增加，有一节云，

凡鸦片，吗啡，科加因等麻醉药品，供全世界人口作医疗之用，每年总数只需六千公斤即已充足，但是现今中国一处使用四千五百万公斤，印度一千万公斤，合众国四百万公斤，埃及小亚细亚以及欧洲共五百万公斤，云云。

二十四节中说中国旅馆的吵闹，他的经验很有意思，里边又与赌博有关系，可以抄译在这里，

中国旅馆在整夜里象是一个蜜蜂排衙的蜂房。差不多从各个房间里发出打马将的人们的高声的谈话，咳嗽，狂笑。一百三十几张的骨牌碰在一起，哗喇哗喇的响，反复不已。索要茶水，怪声报告房间号数。书寓的姑娘以及他种妓女，叫来，遣走，另换别人，一个客人时常叫上十几回，随后才留下一个住宿。女人们唱歌，弹琵琶。房门猛关，砰訇作响。按铃呼唤，茶房奔走，就是廊下的那些仆役也那么兴高采烈，不懂中国情形的人见了，一定会得猜疑有什么旅馆革命将要勃发了吧。

我接二连三的派遣房间里的一个仆役出去，到邻近各房去求情，请略为安静一点，说有一位老绅士身体欠安，想要睡一会儿。那些中国人那时很客气的道歉，暂时不作声，随后低声说话，再过三分钟之后，谈笑得比以前更是响亮了。我拿棉花塞了耳朵，只好降服了，醒到天明，那时候这一切非人间的声响才暂时停止了。

著者对于中国是很有同情的，但是遇见这种情形也似乎看不下去，不免有许多不快之感。他结论说中国人的耳神经一定是与西洋人构造不同。老绅士的这种幽默的话听了很是可悲，他在本书中屡次表明他的意见，关于性学考察的结果，个体的差异常比种族的差异更为有力，因此是不很愿意来着重于人种与色的分别的，这一回大约很为马将客所苦，不得已乃去耳朵上设法，这实在是大可同情的事。不过我们希望这吵闹，以及嫖赌烟种种恶行，只是从习惯上来，不是出于何种构造的不同，庶几我们还有将来可以救拔的希望耳。第十四节讲到中国与他国殊异之点，其一云，

> 其次不同是，在中国之以人力代马力。一头牛马或者一架机器都要比一个人更为贵重，所以无论走到哪里都可以看见中国人在背着或拉着不可信的重荷。就是在上海那样一个巨大的商业中心，载重汽车还是少见的东西。我曾见一座极大的压马路的汽辗，由两打的中国男人和女人拉了走动着。
>
> 由此可见人在中国是多么不值钱。所以这是不足为奇的，不知道有多少千数的人在三十至四十岁之间都死于肺结核症。一直并没有什么医药的处理，有一天正在热闹地方劳作的中间，忽然吐起狂血来，于是他们的生命就完结了。

著者决不是有心要毁谤中国，如上边说过他还是很同情于中国的，其原因一大半是由于同病相怜，因此见了这些不堪的情形，深有爱莫能助之感，发此愤慨，盖不足怪，这与幸灾乐祸的说法是大不相同的。还有一层，妇女问题复杂难解决，有些地方与社会问题有关连，在性学者看去这自然也很是关心的。但是这样一来，使我们读者更加惶悚，重大疑难的问题一个个来提出在面前，结果有点弄得无可如何，岂不是读书自找

苦吃，真是何苦来呢。幸而此一十八节文章中并非全是说的丧气的话，有地方也颇有光明，如十四节中竭力非难外国的霸道，后边批评中国云，

> 在中国的现代青年拿去与别国的相比，有许多方面都比较的少受传统的障碍。第一，他们没有宗教上的成见。在欧洲方面似乎不大知道，中国的至少四百兆的人民向来没有宗教，也一点的没有什么不好。他们坚守着从前孔夫子以及别的先哲所定下来的习惯法，但并不对了他们（案即孔夫子及别的一班人）祷告，只是专心于保存面子。他们看重在此地与此时的实在，并不在于幻想的时与地之外。

著者原是外国人，对于中国只凭了十星期的观察，所下的判断自然未必能全正确，这里又是重译出来的，差误恐亦难免。但是总起来看，这所说的不能说是不对，也可以增加我们不少的勇气。诚然如著者所说，中国没有宗教上的种种成见，又没有象印度的那种阶级，的确有许多好处，有利于改革运动，可是具体的说，也还很不能乐观。别的不谈，只就上边所有几件事看去，便觉得如不肯说没法子，也总要说这怎么办——但是，怎么办总已经比没法子进了一步了，我们姑且即以此为乐观之根据可乎。

三十三年九月十二日，在北京风雨中记。

女人的文章

这里说女人的文章，并不是拿来与男人对比，评论高下，只是对于女人的诗词而言，因看闲书牵连想到，略说几句话而已。向来闺秀多做诗词，写文章的很少，偶或有之，常甚见珍重。沈善宝《名媛诗话》卷五云，

> 余杭陈炜卿尔士，字静友，给谏钱仪吉室，有《听松楼遗稿》，内载《授经偶笔》，序述记赞跋论家书诸著作，议论恢宏，立言忠厚，诗犹馀事耳。余见历来闺媛通经者甚鲜，矧能阐发经旨，洋洋洒洒数万言，婉解曲喻，援古诫今，嘉惠后学不少，洵为一代女宗。

又王汝玉《梵麓山房笔记》卷五云，

> 余尝得西吴徐叶昭女史克庄职思斋古文一册，有自序一首。其文言为女为妇为妻为母之道，持论平

允，能见其大，非寻常闺阁翰墨，惜世鲜知者，他日遇湖人，当详询之。

案寒斋所藏，有《听松楼遗稿》四卷，陈尔士著，《什一偶存》五种，徐叶昭编刊，第三为《职思斋学文稿》一卷，为所自著。此外又可以加上《月蕖轩传述略》一卷，袁镜蓉著，《晒书堂闺中文存》一卷，王照圆著。这几位女士都能写文章，但是由我个人的偏见说来，却是后面的两家更为可取，虽然不曾有人怎么的表扬。这话说起来有点长了。简单的说，我的偏见是以前就有的，不过那是以古代为根据，正确一点是以明以前为限，现在却来应用在清代，其实便是用于现今我想也是一样可以的，尺度虽旧，分寸则不错也。

周寿昌编《宫闺文选》二十六卷，前十卷为文，自汉迄明，所收颇广，翻阅一过，不少佳篇，但鄙意以为可取者则亦不多见。说也奇怪，就文章来说，我觉得这几个人最好，就是汉明帝马后，唐武后，以及宋李清照。我们对于文章的要求，不问是女人或男人所写，同样的期待他有见识与性情，思想与风趣，至于艺术自然也是必要的条件。马后是伏波将军的小女儿，其《却封外戚诏》及《报章帝诏》，质朴刚劲，真有将家风范，在汉诏中亦是上等作品。武后《请父在为母终三年服表》，为古今女性争取地位，因有伦理关系，后世秀才们亦不敢非难，但其桀骜之气固自显在，至云禽兽之情犹知其母，辄令人想孔文举之言，亦正与相称。此他诏敕，除有些官样文章之外，亦有可观者，兹不具举。李易安的文章最好的大家知道是《金石录后序》及《自序》，可以不必再多说明。总结起来说，我对于文章只取其有见识，有思想，表示出真性情来，写的有风趣，那就是好的，反过来说，无论谈经说史如何堂皇，而意思都已有过，说理叙事非不合法，而文字只是一套，凡此均是陈言，亦即等于赝鼎，虽或工巧，所不取也。照这个标准看去，上边所说四家文章也就可以分别论列，不过这只是个人私见，未必一定全对，若吠声之嫌则庶几或免耳。

《听松楼遗稿》卷三家书二十七通，质朴真挚，最可以见著者之为人，而论者乃多恭维《授经偶笔》，《晒书堂闺中文存》中有《遗稿跋》一篇，自述有弗如者六，其第五云，

> 颜黄门云，父母威严而有慈，则子女畏慎而生孝。余于子女有慈无威，不能勤加诱导，俾以有成。今读《授经偶笔》及尺素各篇，思想勤绵，时时以课读温经形于楮墨，虽古伏生女之授书，宋文宣之传礼，不是过焉。余所弗如者五矣。

其实家书中说课读，亦只是理书作论等事而已，《偶笔》一卷，作笔记观本无不可，若当作说经，便多勉强处，反为不佳。《名媛诗话》中抄录四则，实甚平平，如收在普通文集中，当必无人注目，今乃特被重视，虽是尊重女子，实却近于不敬矣。《职思斋学文稿》文三十五篇，文笔简洁老到，不易

多得，惟以思想论却不能佩服，因为不论好坏总之都是人家的，再苛刻的说一句，文章亦是八家派，不能算是自己的也。自序中云，

> 颇好二氏之书，间有所作，庄列之唾余，乾竺之机锋，时时阑入。年过二十，始知其非，非程朱不观，以为文以载道，文字徒工无益也。

可见著者本来也是很有才情的女子，乃为世俗习气所拘，转入卫道阵营，自言曾为文辨驳金谿余姚，进到牛角湾去，殊为可惜。卷首文十篇，论女道妇道以至妾道婢道，甚为奇特，不独王汝玉见之称赞，即鄙人亦反复诵读，叹为难得可贵。何也，王汝玉所云持论平允，即因其绝对遵循男性中心的传统，为男子代言，进而至于指示婢妾之大道，此在鄙人则以为不近情理，所以为难也。《瑶仙闲话记》中述客瑶仙之言曰，闺门之乐，惟纳妾为最，子知之乎。论其源委，显然出于周南诸诗，本亦不足为奇，惟如此彻底主张，极是希有，昔俞理初著《妒非女人恶德论》，李越缦笑为周姥之言，同时乃有徐克庄女士立说，闺门之乐纳妾为最，此正是周公之教也，著者殆可谓女中俞理初矣。据德国性学者计算，在民国二十年顷中国人中有百分之三十只有一个妻子，百分之约五十有两个妻子，百分之十娶有三个以至六个女人，百分之五左右有六个以上，有的多至三十个妻子或者更多。照这个情形看来，中国男子有三

分之二以上是多妻的，那么此种意见正占势力，视为平允，盖是当然，惟鄙人平日是佩服俞理初的，自然未能同意，又觉得论到文章，思想颇为重要，既与情理相违，便无足取，若其不愧为好的史料，则是别一回事，固毫无疑问者也。

末后简单的一谈袁王二家的文集。袁镜蓉号月蕖，吴梅梁杰室，著有《传述略》及《诗草》各一卷。王照圆字婉佺，郝兰皋懿行室，所著《闺中文存》外，《和鸣集》中有诗若干首，《列女传补注》《列仙传校注》等，《葩经小记》不存，其说多采入《诗问》中，今悉编在《郝氏遗书》之内。月蕖轩诗似亦不弱，但是我只取其散文，共计二十二首，其中十五为传，皆质实可取，此外《自述》，《风水论》，《重修祠堂记》，《老当年祭祀簿序》以及《收租簿序》，率就家庭，坟墓，祭祀各题目，率直真切的写去，不晓得这目的是应用或载道，这文字是俗还是雅，而自成一篇文章，亦真亦善，却亦未尝无美，平常作文，其态度与结果不正当如是耶。我的称赞或者亦难免有稍偏处，大体却是不谬，总之为了自己所要说的事情与意思而写，把人家的义理与声调暂搁在一旁，这样写下来的东西我想一定总有可取的。虽然比拟或者稍有不伦，上边说过的马后武后可以说也是这一路，若是将王照圆与李清照相比，那恐怕就没有什么不妥的地方了吧。《闺中文存》中所收文只有十一篇，篇幅均不长，其自作序跋五首为佳，亦不足以见其才，此殆当于他书中求之，似以《诗问》为最宜。兹举其与妇女生活有相关者，如《诗问》国风卷下，七月流火首章

下云，

余问，微行，传云墙下径。瑞玉曰，野中亦有小径。余问，遵小径，以女步迟取近耶。曰，女子避人尔。

又《诗说》卷上云，

瑞玉问，女心伤悲应作何解。余曰，恐是怀春之意，管子亦云春女悲。瑞玉曰，非也，所以伤悲乃为女子有行，远父母故耳。盖瑞玉性孝，故所言如此。余曰，此匡鼎说诗也。

这里他们也是在谈《诗经》，可是这是说诗而不是讲经，与别人有一个绝大的不同，而《诗经》的真意也只是这样才可逐渐明了。陆氏木犀香馆刻本《尔雅义疏》卷末有陈硕甫跋，叙道光中馆汪孟慈家时事云，

先生挟所著《尔雅疏》稿径来馆中，以自道其治学之难，漏下四鼓者四十年，常与老妻焚香对坐，参征异同得失，论不合，辄反目不止。

案李易安《金石录后序》中云，

> 每饭罢坐归来堂，烹茶，指堆积书史，言某事在某书某卷第几叶第几行，以中否胜负为饮茶先后，中则举，否则大笑，或至茶覆怀中，不得而起。

此二者情景均近似，风趣正复相同，前面曾以李王相比较，得此可以加一证据矣。无论男妇，无论做学问写文章，惟情与理二者总不可缺少，这是惟一的根柢，也即是我这里所陈述的私见的依据。老生常谈，亦自觉其陈旧，但此外亦无甚新话可说，老实铺叙，较为省力，既不打诳话，也就可以供补白，然则目的岂不已达矣乎。

民国甲申九月秋分节。

女人的禁忌

小时候在家里常见墙壁上贴有红纸条，上面恭楷写着一行字云，姜太公神位在此，百无禁忌。还有历本，那时称为时宪书的，在书面上也总有题字云，夜观无忌，或者有人再加上一句日看有喜，那不过是去凑成一个对子，别无什么用意的。由此看来，可以知道中国的禁忌是多得很，虽然为什么夜间看不得历本，这个理由我至今还不明白。禁忌中间最重要的是关于死，人间最大的凶事，这意思极容易理解。对于死的畏怖避忌，大抵是人同此心，心同此理，种种风俗仪式虽尽多奇形怪状，根本并无多少不同，若要列举，固是更仆难尽，亦属无此必要。我觉得比较有点特别的，是信奉神佛的老太婆们所奉行的暗房制度。凡是新近有人死亡的房间名为暗房，在满一个月的期间内，吃素念佛的老太太都是不肯进去的，进暗房有什么不好，我未曾领教，推想起来大抵是触了秽，不能走近神前去的缘故吧。期间定为一个月，惟理的说法是长短适中，但是宗教上的意义或者还是在于月之圆缺一周，除旧复新，也是自然的一个段落。又其区域完全以房间计算，最重要的是那条门槛，往往有老太太往丧家吊唁，站在房门口，把头伸进去对人家说话，只要脚不跨进门槛里就行了。这是就普通人家而言，可以如此划分界限，若在公共地方，有如城隍庙，说不定会有乞丐倒毙于廊下，那时候是怎么算法，可是不曾知道。平常通称暗房，为的要说的清楚，这就该正名为白暗房，因为此外还有红暗房在也。

红暗房是什么呢。这就是新近有过生产的产房，以及新婚的新房。因为性质是属于喜事方面的，故称之曰红，但其为暗房则与白的全是一样，或者在老太婆们要看得更为严重亦未可知。这是仪式方面的事，在神话的亦即是神学的方面是怎么说，有如何的根据呢。老太婆没有什么学问，虽是在念经，念的都是些《高王经》《心经》之类，里边不曾讲到这种问题，可是所听的宝卷很多，宝卷即是传，所以这根据乃是出于传而非出于经的。最好的例是《刘香宝卷》，是那暗淡的中国女人佛教人生观的教本，卷上记刘香女的老师真空尼的说法，具说女人在礼教以及宗教下所受一切痛苦，有云，

> 男女之别，竟差五百劫之分，男为七宝金身，女为五漏之体。嫁了丈夫，一世被他拘管，百般苦乐由他做主。既成夫妇，必有生育之苦，难免血水触犯三光之罪。

其韵语部分中有这样的几行，说的颇为具体，如云，

生男育女秽天地，血裙秽洗犯河神。

又云，

生产时，血秽污，河边洗净，
水煎茶，供佛神，罪孽非轻。
对日光，晒血裙，罪见天神。
三个月，血孩儿，秽触神明。

老太婆们是没有学问的，她们所依据的贤传自然也就不大高明，所说的话未免浅薄，有点近于形而下的，未必真能说得出这些禁忌的本意。原来总是有形而上的意义的，简单的说一句，可以称为对于生殖机能之敬畏吧。我们借王右军《兰亭序》的话来感叹一下，死生亦大矣。不但是死的问题，关于生的一切现象，想起来都有点儿神秘，至于生殖，虽然现代的学问给予我们许多说明，自单细胞生物起头，由蚯蚓蛙鸡狗以至人类，性知识可以明白了，不过说到底即以为自然如此，亦就仍不免含有神秘的意味。古代的人，生于现代而知识同于古代人的，即所谓野蛮各民族，各地的老太婆们及其徒众，惊异自不必说，凡神秘的东西总是可尊而又可怕，上边说敬畏便是这个意思。我们中国大概是宗教情绪比较的薄，所感觉的只是近理的对于神明的触犯，这有如《旧约·创世纪》中所记，耶和华上帝对女人夏娃说，我必多多加增你怀胎的苦楚，你生产儿女必受苦楚，因为她听了蛇的话偷吃苹果，违犯了上帝的命令。这里耶和华是人形化的神明，因了不高兴而行罚，是人情所能懂的，并无什么神秘的意思，如《利未记》所说便不相同了。第十二章记耶和华叫摩西晓谕以色列人云，

> 若有妇人怀孕生男孩，她就不洁净七天，象在月经污秽的日子不洁净一样。妇人在产血不洁之中要家居三十三天，她洁净的日子未满，不可摸圣物，也不可进入圣所。她若生女孩，就不洁净两个七天，象污秽的时候一样，要在产血不洁之中家居六十六天。

又第十五章云，

> 女人行经必污秽七天，凡摸她的必不洁净到晚上。女人在污秽之中，凡她所躺的物件都为不洁净，所坐的物件也都不洁净。凡摸她床的必不洁净到晚上，并要洗衣服，用水洗澡。凡摸她所坐甚么物件的必不洁净到晚上，并要洗衣服，用水洗澡。在女人的床上或在她坐的物上，若有别的物件，人一摸了，必不洁净到晚上。

这里可以注意的有两点，其一是污秽的传染性，其二是污

秽的毒害之能动性。第一点大家都知道，无须解释，第二点却颇特别，如本章下文所云，

> 你们要这样使以色列人与他们的污秽隔绝，免得他们玷污我的帐幕，就因自己的污秽死亡。

这里明说他们污秽的人并不因为玷污耶和华的帐幕而被罚，乃将因了自己的污秽而灭亡，这污秽自具有其破坏力，但因什么机缘而自然爆发起来。在现代人看来，这仿佛与电气最相象，大家知道电力是伟大的一件东西，却有极大危险性，须用种种方法和他隔绝才保得安全。生命力与电，这个比较来得恰好，此外要另找一个例子倒还不大容易。污秽自然有许多是由嫌恶而来的，但是关于生命力特别是关系女人的问题，都是属于敬畏的一面，所谓不净实是指一种威力，一不小心就会得被压倒，俗语云晦气是也，这总是物理的，后来物质的意义增加上去，据我看来毫不重要。福庆居士所著《燕郊集》中有一篇小文，题曰《性与不净》，记一故事云，

> 就有人讲笑话。我家有一个亲戚，是一大官，他偶如厕，忽见有女先在，愕然是不必说，却因此传以为笑。笑笑也不要紧，他却别有所恨。恨到有点出奇，其实并不。这是一种晦气。苏州人所谓勿识头，要妨他将来福命的。

文章写得很干净，可以当作好例，其他古今中外的资料虽尚不乏，只可且暂割爱矣。

寒斋有一册西文书，是芬特莱医生所著，名曰《分娩闲话》，这闲话二字系用南方通行的意思，未必有闲，只是讲话而已。第二章题云《禁制》，内分行经，结婚，怀孕，分娩四项，绘图列说的讲得很有意义，想介绍一点出来，所以起手来写这篇文章，不料说到这里想要摘抄，又不知道怎么选择才好。各民族的奇异风俗原是不少，大概也是大同小异，上边有希伯来人的几条可以为例，也不必再来赘述，反正就是对于生殖之神秘表示敬畏之意而已。倒是在弗来若博士的《金枝》节本中，第六十章说及隔离不洁净的妇女的用意，可供我们参考，节译其大意于下。使她不至于于人有害，如用电学的术语，其方法即是绝缘。这种办法其实也为她自己，同时也为别人的安全。因为假如她违背了规定的办法，她就得受害，例如苏噜女子在月经初来时给日光照着，她将干枯成为一副骷髅。总之那时女人似被看作具有一种强大的力，这力若不是限制在一定范围之内，他会得毁灭她自己以及一切和她接触的东西。为了一切有关的人物之安全，把这力拘束起来，这即是此类禁忌的目的。这个说法也可用以解释对于神王与巫师的同类禁例。女人的所谓不洁净与圣人的神圣，由原始民族想来，实质上并没有什么分别。这都不过是同一神秘的力之不同的表现，正如凡力一样，在本身非善非恶，但只看如何应用，乃成为有益或有害耳。这样看来，最初的意思是并无恶意的，虽然在受者不免感到困难，后来文化渐进，那些圣人们设法摆脱拘束，充分的保留旧有的神圣，去掉了不便不利的禁忌，但是妇女则无此幸运，一直被禁忌着下来，而时移世变，神秘既视为不洁净，敬畏也遂转成嫌恶了。这是世界女性共同的不幸，初不限于一地，中国只是其一分子而已。中国的情形本来比较别的民族都要好一点，因为宗教势力比较薄弱，其对于女人的轻视大概从礼教出来，只以理论或经验为本，和出于宗教信念者自有不同。例如《礼纬》云，夫为妻纲，此是理论而以男性主权为本，若在现代社会非夫妇共同劳作不能维持家庭生活，则理论渐难以实行。又《论语》云，惟女子小人为难养也，近之则不逊，远之则怨，此以经验为本者也，如不逊与怨的情形不存在，此语自然作为无效，即或不然，此亦只是一种抱怨之词，被说为难养于女子小人亦实无什么大损害也。宗教上的污秽观大抵受佛教影响为多，却不甚彻底，又落下成为民间迷信，如无妇女自己为之支持，本来势力自可渐衰，此则在于民间教育普及，知识提高，而一般青年男女之努力尤为重要。鄙人昔日曾为戏言，在清朝中国男子皆剃头成为半边和尚，女人裹两脚为粽子形，他们固亦有恋爱，但如以此形像演出西厢牡丹亭，则观者当忍俊不禁，其不转化为喜剧的几希。现在大家看美国式电影，走狐舞步，形式一新矣，或已适宜于恋爱剧上出现，若是请来到我们所说的阵地上来帮忙，恐预备未充足，尚未能胜任愉快耳。

民国甲申年末，于北京东郭书塾。

蚯　蚓

忽然想到，草木虫鱼的题目很有意思，抛弃了有点可惜，想来续写，这时候第一想起的就是蚯蚓，或者如俗语所云是曲蟮。小时候每到秋天，在空旷的院落中，常听见一种单调的鸣声，仿佛似促织，而更为低微平缓，含有寂寞悲哀之意，民间称之曰曲蟮叹窠，倒也似乎定得颇为确当。案崔豹《古今注》云，

> 蚯蚓一名蜿蟺，一名曲蟺，善长吟于地中，江东谓为歌女，或谓鸣砌。

由此可见蚯蚓歌吟之说古时已有，虽然事实上并不如此，乡间有俗谚其原语不尽记忆，大意云，蝼蛄叫了一世，却被曲蟮得了名声，正谓此也。

蚯蚓只是下等的虫豸，但很有光荣，见于经书。在书房里念四书，念到《孟子·滕文公下》，论陈仲子处有云，

充仲子之操，则蚓而后可者也，夫蚓上食槁壤，下饮黄泉。

这样他至少可以有被出题目做八股的机会，那时代圣贤立言的人们便要用了很好的声调与字面，大加以赞叹，这与蟫同是难得的名誉。后来《大戴礼·劝学篇》中云，

蚓无爪牙之利，筋脉之强，上食埃土，下饮黄泉，用心一也。

又杨泉《物理论》云，

检身止欲，莫过于蚓，此志士所不及也。

此二者均即根据孟子所说，而后者又把邵武士人在《孟子正义》中所云但上食其槁壤之土，下饮其黄泉之水的事，看作理想的极廉的生活，可谓极端的佩服矣。但是现在由我们看来，蚯蚓固然仍是而且或者更是可以佩服的东西，他却并非陈仲子一流，实在乃是禹稷的一队伙里的，因为他是人类——农业社会的人类的恩人，不单是独善其身的廉士志士已也。这种事实在中国书上不曾写着，虽然上食槁壤，这一句话也已说到，但是一直没有看出其重要的意义，所以只好往外国的书里去找。英国的怀德在《色耳彭的自然史》中，于一七七七年写

给巴林顿第三十五信中曾说及蚯蚓的重大的工作，他掘地钻孔，把泥土弄松，使得雨水能沁入，树根能伸长，又将稻草树叶拖入土中，其最重要者则是从地下抛上无数的土块来，此即所谓曲蟮粪，是植物的好肥料。他总结说，

> 土地假如没有蚯蚓，则即将成为冷，硬，缺少发酵，因此也将不毛了。

达尔文从学生时代就研究蚯蚓，他收集在一年中一方码的地面内抛上来的蚯蚓粪，计算在各田地的一定面积内的蚯蚓穴数，又估计他们拖下多少树叶到洞里去。这样辛勤的研究了大半生，于一八八一年乃发表他的大著《由蚯蚓而起的植物性壤土之造成》，证明了地球上大部分的肥土都是由这小虫的努力而做成的。他说，

> 我们看见一大片满生草皮的平地，那时应当记住，这地面平滑所以觉得很美，此乃大半由于蚯蚓把原有的不平处所都慢慢的弄平了。想起来也觉得奇怪，这平地的表面的全部都从蚯蚓的身子里通过，而且每隔不多几年，也将再被通过。耕犁是人类发明中最为古老也最有价值之一，但是在人类尚未存在的很早以前，这地乃实在已被蚯蚓都定期的耕过了。世上尚有何种动物，象这低级的小虫似的在地球的历史

上，担任着如此重要的职务者，这恐怕是个疑问吧。

蚯蚓的工作大概有三部分，即是打洞，碎土，掩埋。关于打洞，我们根据汤木孙的一篇《自然之耕地》，抄译一部分于下，

蚯蚓打洞到地底下深浅不一，大抵二英尺之谱。洞中多很光滑，铺着草叶。末了大都是一间稍大的房子，用叶子铺得更为舒服一点。在白天里洞门口常有一堆细石子，一块土或树叶，用以阻止蜈蚣等的侵入者，防御鸟类的啄毁，保存穴内的润湿，又可抵挡大雨点。

在松的泥土打洞的时候，蚯蚓用他身子尖的部分去钻。但泥土如是坚实，他就改用吞泥法打洞了。他的肠胃充满了泥土，回到地面上把他遗弃，成为蚯蚓粪，如在草原与打球场上所常见似的。

蚯蚓吞咽泥土，不单是为打洞，他们也吞土为的是土里所有的腐烂的植物成分，这可以供他们做食物。在洞穴已经做好之后，抛出在地上的蚯蚓粪那便是为了植物食料而吞的土了，假如粪出得很多，就可推知这里树叶比较的少用为食物，如粪的数目很少，大抵可以说蚯蚓得到了好许多叶子。在洞穴里可以找到好些吃过一半的叶子，有一回我们得到九十一片

之多。

在平时白天里蚯蚓总是在洞里休息，把门关上了。在夜间他才活动起来了，在地上寻找树叶和滋养物，又或寻找配偶。打算出门去的时候，蚯蚓便头朝上的出来，在抛出蚯蚓粪的时候，自然是尾巴在上边，他能够在路上较宽的地方或是洞底里打一个转身的。

碎土的事情很是简单，吞下的土连细石子都在胃里磨碎，成为细腻的粉，这是在蚯蚓粪可以看得出来的。掩埋可以分作两点。其一是把草叶树子拖到土里去，吃了一部分以外多腐烂了，成为植物性壤土，使得土地肥厚起来，大有益于五谷和草木。其二是从底下抛出粪土来把地面逐渐掩埋了。地平并未改变，可是底下的东西搬到了上边来。这是很好的耕田。据说在非洲西海岸的一处地方，每一方里面积每一年里有六万二千二百三十三吨的土搬到地面上来，又在二十七年中，二英尺深地面的泥土将颗粒不遗的全翻转至地上云。达尔文计算在英国平常耕地每一亩中平均有蚯蚓五万三千条，但如古旧休闲的地段其数目当增至五十万。此一亩五万三千的蚯蚓在一年中将把十吨的泥土悉自肠胃通过，再搬至地面上。在十五年中此土将遮盖地面厚至三寸，如六十年即积一英尺矣。这样说起来，蚯蚓之为物虽微小，其工作实不可不谓伟大。古人云，民以食为天，蚯蚓之功在稼穑，谓其可以与大禹或后稷相比，不亦宜欤。

末后还想说几句话，不算什么辟谣，亦只是聊替蚯蚓表明真相而已。《太平御览》九四七引郭景纯《蚯蚓赞》云，

> 蚯蚓土精，无心之虫，交不以分，淫于阜螽，触而感物，乃无常雄。

又引刘敬叔《异苑》，云宋元嘉初有王双者，遇一女与为偶，后乃见是一青色白领蚯蚓，于时咸谓双暂同阜螽矣。案由此可知晋宋时民间相信蚯蚓无雄，与阜螽交配，这种传说后来似乎不大流行了，可是他总有一种特性，也容易被人误解，这便是雌雄同体这件事。怀德的《观察录》中昆虫部分有一节关于蚯蚓的，可以抄引过来当资料，其文云，

> 蚯蚓夜间出来躺在草地上，虽然把身子伸得很远，却并不离开洞穴，仍将尾巴末端留在洞内，所以略有警报就能急速的退回地下去。这样伸着身子的时候，凡是够得着的什么食物也就满足了，如草叶、稻草、树叶，这些碎片他们常拖到洞穴里去。就是在交配时，他的下半身也决不离开洞穴，所以除了住得相近互相够得着的以外，没有两个可以得有这种交际，不过因为他们都是雌雄同体的，所以不难遇见一个配偶，若是雌雄异体则此事便很是困难了。

案雌雄同体与自为雌雄本非一事，而古人多混而同之。《山海经》一《南山经》中云，

有兽焉，其状如狸而有髦，其名曰类，自为牡牝，食者不妒。

郝兰皋《疏》转引《异物志》云，灵猫一体，自为阴阳。又三《北山经》云，带山有鸟名曰鹌鸰，是自为牝牡，亦是一例。而王崇庆在《释义》中乃评云，

鸟兽自为牝牡，皆自然之性，岂特鹌鸰也哉。

此处惟理派的解释固然很有意思，却是误解了经文，盖所谓自者非谓同类而是同体也。郭景纯《类赞》云，

类之为兽，一体兼二，近取诸身，用不假器，窈窕是佩，不知妒忌。

说的很是明白。但是郭君虽博识，这里未免小有谬误，因为自为牝牡在事实上是不可能的，只有笑话中说说罢了，粗鄙的话现在也无须传述。《山海经》里的鸟兽我们不知道，单只就蚯蚓来说，他的性生活已由动物学者调查清楚，知道他还

是二虫相交，异体受精的，瑞德女医师所著《性是什么》，书中第二章论动物间性，举水螅、蚯蚓、蛙、鸡、狗五者为例，我们可以借用讲蚯蚓的一小部分来做说明。据说蚯蚓全身约共有百五十节，在十三节有卵巢一对，在十及十一节有睾丸各两对，均在十四节分别开口，最奇特的是在九至十一节的下面左右各有二口，下为小囊，又其三二至三七节背上颜色特殊，在产卵时分泌液质作为茧壳。凡二虫相遇，首尾相反，各以其九至十三节一部分下面相就，输出精子入于对方的四小囊中，乃各分散，及卵子成熟时，背上特殊部分即分泌物质成筒形，蚯蚓乃缩身后退，筒身擦过十三四节，卵子与囊中精子均黏着其上，遂以并合成胎，蚓首缩入筒之前端，此端即封闭，及首退出后端，亦随以封固而成茧矣。以上所述因力求简要，说的很有欠明白的地方，但大抵可以明了蚯蚓生殖的情形，可知雌雄同体与自为牝牡原来并不是一件事。蚯蚓的名誉和我们本是风马牛不相及，也不必替他争辩，不过为求真实起见，不得不说明一番，目的不是写什么科学小品，而结果搬了些这一类的材料过来，虽不得已，亦是很抱歉的事也。

民国甲申九月二十四日所写，续草木虫鱼之一。

萤　　火

近年多看中国旧书，因为外国书买不到，线装书虽也很贵，却还能入手，又卷帙轻便，躺着看时拿了不吃力，字大悦目，也较为容易懂。可是看得久了多了，不免会发生厌倦，第一是觉得单调，千年前后的人所说的话没有多大不同，有时候或者后人比前人还要胡涂点也不一定，因此第二便觉得气闷。从前看过的书，后来还想拿出来看，反覆读了不厌的实在很少，大概只有《诗经》，其中也以国风为主，《陶渊明集》和《颜氏家训》而已。在这些时候，从书架上去找出尘土满面的外国书来消遣，也是常有的事。

前几天忽然想到关于萤火说几句闲话，可是最先记起来总是腐草化为萤以及丹鸟羞白鸟的典故，这虽然出在正经书里，也颇是新奇，却是靠不住，至少是不能通行的了。

案《礼记·月令》云，

> 季夏之月，腐草为萤。

《逸周书·时训解》云，

大暑之日，腐草化为萤。腐草不化为萤，谷实鲜落。

这里说得更是严重，仿佛是事关化育，倘若至期腐草不变成萤火，便要五谷不登，大闹饥荒了。《尔雅》，萤火即炤。郭璞注，夜飞，腹下有火。这里并没有说到化生，但是后来的人总不能忘记《月令》的话，邢昺《尔雅疏》，陆佃《新义》及《埤雅》，罗愿《尔雅翼》，都是如此，邵晋涵《正义》不必说了，就是王引之《广雅疏证》也难免这样。《本草纲日》引陶弘景曰，

此是腐草及烂竹根所化，初时如蛹，腹下已有光，数日变而能飞。

李时珍则详说之曰，

萤有三种。一种小而宵飞，腹下光明，乃茅根所化也。吕氏《月令》所谓腐草化为萤者也。一种长如蛆蠋，尾后有光，无翼不飞，乃竹根所化也。一名蠲，俗名萤蛆。《明堂月令》所谓腐草化为蠲者是也，其名宵行。茅竹之根夜视有光，复感湿热之气，

遂变化成形尔。一种水萤，居水中。唐李子卿《水萤赋》所谓彼何为而化草，此何为而居泉，是也。

钱步曾《百廿虫吟》中萤项下自注云，

萤有金银二种。银色者早生，其体纤小，其飞迟滞，恒集于庭际花草间，乃宵行所化。金色者入夏季方有，其体丰腴，其飞迅疾，其光闪烁不定，恒集于水际茭蒲及田塍丰草间，相传为牛粪所化。盖牛食草出粪，草有融化未净者，受雨露之沾濡，变而为萤，即《月令》腐草为萤之意也。余尝见牛溲坌积处飞萤丛集，此其验矣。

又汪日桢《湖雅》卷六萤下云，

按，有化生，初似蛹，名蠲，亦名萤胆[①]，俗呼火百脚，后乃生翼能飞为萤。有卵生，今年放萤于屋内，明年夏必出细萤。

案以上诸说均主化生，惟郝懿行《尔雅义疏》反对《本草》陶李二家之说，云，

① 胆是蛆的异体字。——编者注

今验萤火有二种，一种飞者，形小头赤，一种无翼，形似大蛆，灰黑色，而腹下火光大于飞者，乃《诗》所谓宵行，《尔雅》之即炤亦当兼此二种，但说者止见飞萤耳。又说茅竹之根夜皆有光，复感湿热之气，遂化成形，亦不必然。盖萤本卵生，今年放萤火于屋内，明年夏细萤点点生光矣。

寥寥百十字，却说得确实明白，所云萤之二种实即是雌雄两性，至断定卵生尤为有识，汪谢城引用其说，乃又模棱两可，以为卵生之外别有化生，未免可笑。惟郝君亦有格致未精之处，如下文云，

《夏小正》，丹鸟羞白鸟。丹鸟谓丹良，白鸟谓蚊蚋。《月令疏》引皇侃说，丹良是萤火也。

罗端良在宋时却早有异议提出，《尔雅翼》卷二十七萤下云，

《夏小正》曰，丹鸟羞白鸟。此言萤食蚊蚋。又今人言，赴灯之蛾以萤为雌，故误赴火而死。然萤小物耳，乃以蛾为雄，以蚊为粮，皆未可轻信。

从中国旧书里得来的关于萤火的知识就是这些，虽然也还不错，可是披沙拣金，殊不容易，而且到底也不怎么精确，要想知道得更多一点，只好到外国书中去找寻了。专门书本是没有，就是引用了来也总是不适合，所以这里所说也无非只是普通的，谈生物而有文学的趣味的几册小书而已。英国怀德以《色耳彭的自然史》著名于世，在这里边却未尝讲到萤火，但是《虫豸观察杂记》中有一则云，

> 观察两个从野间捉来放在后园的萤火，看出这些小生物在十一二点钟之间熄灭他们的灯光，以后通夜间不再发亮。雄的萤火为蜡烛光所引，飞进房间里来。

这虽是短短的一两句话，却很有意思，都是出于实验，没有一点儿虚假。怀德生于千七百二十年，即清康熙五十九年，我查考《疑年录》，发见他比戴东原大三岁，比袁子才却还要小四岁，论时代不算怎么早，可是这样有趣味的记录在中国的乾嘉诸老辈的著作中却是很不容易找到，所以这不能不说是很可珍重的了。其次法国的法勃耳，在他的大著《昆虫记》中有一篇谈萤火的文章，告诉我们好些新奇的事情。最奇怪的是关于萤火的吃食，据他说，萤火虽然不吃蚊子，所吃的东西却比蚊子还要奇特，因为这乃是樱桃大小的带壳的蜗牛。若是蜗牛走着路，那是最好了，即使停留着，将身子缩到壳里去，

脚部总有一点儿露出，萤火便上前去用他嘴边的小钳子轻轻的搿上几下。这钳子其细如发，上边有一道槽，用显微镜才看得出，从这里流出毒药来，注射进蜗牛身里去，其效力与麻醉药相等。法勃耳曾试验过，他把被萤火搿过四五下的蜗牛拿来检查，显已人事不知，用针刺他也无知觉，可是并未死亡，经过昏睡两日夜之后，蜗牛便即恢复健康，行动如常了。由此可知萤火所用的乃是全身麻醉的药，正如果蠃之类用毒针麻倒桑虫蚱蜢，存起来供幼虫食用，现在不过是现麻现吃，似乎与《水浒》里的下迷子比较倒更相近。萤火的身体很小，要想吃蚊子便已不大可能，如罗端良所怀疑的，现在却来吃蜗牛，可以说是大奇事。法勃耳在《萤火》一文中云，

> 萤火并不吃，如严密的解释这字的意义。他只是饮，他喝那薄粥，这是他用了一种方法，令人想起那蛆虫来，将那蜗牛制造成功的。正如麻苍蝇的幼虫一样，他也能够先消化而后享用，他在将吃之前把那食物化成液体。

《昆虫记》中有几篇讲金苍蝇麻苍蝇的文章，从实验上说明蛆虫食肉的情形，他们吐出一种消化药，大概与高级动物的胃液相同，涂在肉上，不久肉即销融成为流质。萤火所用的也就是这种方法，他不能咬了来吃，却可以当作粥喝，据说在好几个萤火畅饮一顿之后，蜗牛只是一个空壳，什么都没有馀

剩了。丹鸟羞白鸟，我们知道他不合理，事实上却是萤火吃蜗牛，这自然界的怪异又是谁所料得到的呢。

法勃耳生于一八二三年，即清道光三年，与李少荃是同年的，所以还是近时人，其所发见的事知道的不很多，但即使人家都知道了萤火吃蜗牛，也不见得会使他怎么有名，本来萤火之所以为萤火的乃别有在，即是他在尾巴上点着灯火。中国名称除萤火之外还有即炤、辉夜、景天、放光、宵烛等，都与火光有关。希腊语曰兰普利斯，意云亮尾巴，拉丁文学名沿称为阑辟利思，英法则名之为发光虫。据《昆虫记》所说，在萤火腹中的卵也已有光，从皮外看得出来，及至孵化为幼虫，不问雌雄尾上都点着小灯，这在郝兰皋也已经知道了。雄萤火蜕化生翼，即是形小头赤者，灯光并不加多，雌者却不蜕化，还是那大蛆的状态，可是亮光加上两节，所以腹下火光大于飞者了。这是一种什么物质，法勃耳说也并不是磷，与空气接触而发光，腹部有孔可开闭以为调节。法勃耳叙述夜中往捕幼萤，长仅五公厘，即中国尺一分半，当初看见在草叶上有亮光，但如误触树枝少有声响，光即熄灭，遂不可复见。迨及长成，便不如此，他曾在萤火笼旁放枪，了无闻知，继以喷水或喷烟，亦无甚影响，间有一二熄灯者，不久立即复燃，光明如旧。夜半以前是否熄灯，文中未曾说及，但怀德前既实验过，想亦当是确实的事。萤火的光据法勃耳说，

其光色白，安静，柔软，觉得仿佛是从满月落下

来的一点火花。可是这虽然鲜明，照明力却颇微弱。假如拿了一个萤火在一行文字上面移动，黑暗中可以看得出一个个的字母，或者整个的字，假如这并不太长，可是这狭小的地面以外，什么也都看不见了。这样的灯光会得使读者失掉耐性的。

看到这里，我们又想起中国书里的一件故事来。《太平御览》卷九百四十五引《续晋阳秋》云，

车胤，字武子，好学不倦，家贫不常得油，夏月则练囊盛数十萤火，以夜继日焉。

这囊萤照读成为读书人的美谈，流传很远，大抵从唐朝以后一直传诵下来，不过与上边《昆虫记》的话比较来看，很有点可笑。说是数十萤火，烛火能有几何，即使可用，白天花了工夫去捉，却来晚上用功，岂非徒劳，而且风雨时有，也是无法。《格致镜原》卷九十六引成应元《事统》云，

车胤好学，常聚萤光读书，时值风雨，胤叹曰，天不遣我成其志业耶。言讫，有大萤傍书窗，比常萤数倍，读书讫即去，其来如风雨至。

这里总算替车君弥缝了一点过来，可是已经近于志异，不

能以常情实事论了。这些故事都未尝不妙，却只是宜于消闲，若是真想知道一点事情的时候，便济不得事。近若干年来多读线装旧书，有时自己疑心是否已经有点中了毒，象吸大烟的一样，但是毕竟还是常感觉到不满意，可见真想做个国粹主义者实在是不大容易也。

三十三年十一月二日所写，续草木虫鱼之二。

立春以前

我很运气，诞生于前清光绪甲申季冬之立春以前。甲申这一年在中国史上不是一个好的年头儿，整三百年前流寇进北京，崇祯皇帝缢死于煤山，六十年前有马江之役，事情虽然没有怎么闹大，但是前有咸丰庚申之烧圆明园，后有光绪庚子之联军入京，四十年间四五次的外患，差不多甲申居于中间，是颇有意思的一件事。我说运气，便即因为是生于此年，尝到了国史上的好些苦味，味虽苦却也有点药的效用，这是下一辈的青年朋友所没有得到过的教训，所以遇见这些晦气也就即是运气。我既不是文人，更不会是史家，可是近三百年来的史事从杂书里涉猎得来，占据了我头脑的一隅，这往往使得我的意见不能与时式相合，自己觉得也很惶恐，可以说是给了我一种障碍，但是同时也可以说是帮助，因为我相信自己所知道的事理很不多，实在只是一部分常识，而此又正是其中之一分子，有如吃下石灰质去，既然造成了我的脊梁骨，在我自不能不加以珍重也。

其次我觉得很是运气的是，在故乡过了我的儿童时代。在辛丑年往南京当水兵去以前，一直住在家乡，虽然其间有过两年住在杭州，但是风土还是与绍兴差不多少，所以其时虽有离乡之感，其实仍与居乡无异也。本来已是破落大家，本家的景况都不大好，不过故旧的乡风还是存在，逢时逢节的行事仍旧不少，这给我留下一个很深的印象。自冬至春这一段落里，本族本房都有好些事要做，儿童们参加在内，觉得很有意思，书房放学，好吃好玩，自然也是重要的原因。这从冬至算起，祭灶、祀神、祭祖、过年拜岁、逛大街、看迎春、拜坟岁，随后跳到春分祠祭，再下去是清明扫墓了。这接连的一大串，很有点劳民伤财，从前讲崇俭的大人先生看了，已经要摇头，觉得大可不必如此铺张，如以现今物价来计算，一方豆腐四块钱，那么这糜费更是骇人听闻，幸而从前也还可以将就过去，让我在旁看学了十几年，着实给了我不少益处。简单的算来，对于鬼神与人的接待，节候之变换，风物之欣赏，人事与自然各方面之了解，都由此得到启示，我想假如那十年间关在教室里正式的上课，学问大概可以比现在多一点吧，然而这些了解恐怕要减少不少了。这一部分知识，在乡间花了很大的工夫学习来的，至今还是于我很有用处，许多岁时记与新年杂咏之类的书我也还是爱读不置。

上边所说冬季的节候之中，我现在只提出立春来说，这理由是很简单的，因为我说诞生于立春以前，而现今也正是这时节，至于今年是甲申，我又正在北京，那还是不大成为理由的理由。说到这里，我想起别的附带的一个原因，这便是我所受的古希腊人对于春的观念之影响。这里又可以分开来说，第一是希腊春祭的仪式。我涉猎杂书，看中了茀来若博士哈理孙女士讲古代宗教的著作，其中有《古代艺术和仪式》一册小书，给我作希腊悲剧起源的参考，很是有用，其说明从宗教转变为艺术的过程又特别觉得有意义。话似乎又得说回去。《礼运》云，

> 饮食男女，人之大欲存焉，死亡贫苦，人之大恶存焉。

古今中外人情都不相远，各民族宗教要求无不发生于此。哈理孙女士在《希腊神话论》的引言里说，

> 宗教的冲动单向着一个目的，即是生命之保存与发展。宗教用两种方法去达到这个目的，一是消极的，除去一切于生命有害的东西，一是积极的，招进一切于生命有利的东西。全世界的宗教仪式不出这两种，一是驱除的，一是招纳的。饥饿与无子是人生的最重要的敌人，这个他要设法驱逐他。食物与多子是他最大的幸福。希伯来语的福字原意即云好吃。食物与多子这是他所想要招进来的。冬天他赶出去，春夏他迎进来。

因此无论天上或地下是否已有天帝在统治着，代表生命之力的这物事在人民中间总是极被尊重，无论这是春，是地，是动植物，或是女人。西亚古文明国则以神人当之，叙利亚的亚陀尼斯，茀吕吉亚的亚帖斯，埃及的阿施利斯皆是，忒拉开的迭阿女索斯后起，却盛行于希腊，由此祭礼而希腊悲剧乃以发生，神人初为敌所杀，终乃复生，象征春天之去而复返，一切生命得以继续，故其礼式先号咷而后笑。中国人民驱邪降福之意本不后人，惟宗教情绪稍为薄弱，故无此种大规模的表示，但对于春与阳光之复归则亦深致期待，只是多表现在节候上，看不出宗教的形式与意味耳。冬至是冬天的顶点，民间于祭祖之外又特别看重，语云，冬至大如年，其前夕称为冬夜，与除夕相并，盖为其是季节转变之关捩也。立春有迎春之仪式，其意义与各民族之春祭相同，不过中国祀典照例由政府举办，民众但立于观众的地位，仪式已近于艺术化，而春官由乞丐扮演，末了有打板子脱晦气之说，则更流入滑稽，惟民间重视立春的感情也还是存在，如前一日特称之曰交春，又推排八字者定年份以立春为准则，假如生于新正而在立春之前，则仍不算是改岁。由此可知春的意义在中国也比新年为重大，老百姓念诵九九等候寒冬的过去，最后云，九九八十一，犁耙一齐出，欢喜之情如见，此盖是农业国民之常情，不分今昔者也。但是乡间又有一句俗语云，春梦如狗屁。冬夜的梦特别有效验，一过立春便尔如此，殊不可解，岂以春气发动故，乱梦颠到，遂悉虚妄不实欤。

希腊人对于春的观念我觉得喜欢的，第二是季节影响的道德观。这里恐怕没有绝对的真理，只是由环境而生的自然的结论，假如我们生在严寒酷暑，或一年一日夜的那种地方，感想当然另是一样，只有在中国或希腊，四时正确的迭代，气候平均的变化，这才感觉到他仿佛有意义，把他应用到人生上来。中国平常多讲五行，这个我很有点讨厌，但是如孔子所说，四时行焉，百物生焉，天何言哉，却觉得颇有意思，由此引伸出儒家的中庸思想来，倒也极是自然，这与希腊哲人的主张正相合，盖其所根据者亦相同也。人民看见冬寒到了尽头，渐复暖过来，觉得春天虽然死去，却总能复活，不胜欣喜，哲人则因了寒来暑往而发见盛极必衰之理，冬既极盛，春自代兴，以此应用于人生，故以节为至善，纵为大过，而以格言总之则曰勿为已甚。此在中国亦正可通用，大抵儒道二家于此意见一致，推之于民间一般莫不了解此义，由于教训之传达者半，由于环境之影响盖亦居其半也。老子曰，飘风不终朝，骤雨不终日。鄙人甚喜此语，但是此亦须以经历为本，如或山陬海隅，天象有特殊者，则将不能理会，而其主张或将相反也未可料。昔者赫洛陀多斯著《史记》，记希腊波斯之战，波斯败绩，都屈迭台斯继之，记雅典斯巴达之战，雅典败绩，在史家之意皆以为由于犯了纵肆之过，初不外波斯而内雅典，特别有什么曲笔，此种中正的态度真当得史家之父的称号，若其意见不知学者以为如何，在鄙人则觉得殊有意趣，深与鄙怀相合者也。

上边的话说的有点凌乱，但总可以说明因了家乡以及外国的影响，对于春天我保有着农业国民共通的感情。春天与其力量何如，那是青年们所关心的问题，这里不必多说，在我只是觉得老朋友又得见面的样子，是期待也是喜悦，总之这其间没有什么恋爱的关系。天文家曰，春打六九头，冬至后四十五日是立春，反正一定的。这是正话，但是春天固然自来，老百姓也只是表示他的一种希望，田家谚云，五九四十五，穷汉街头舞，是也。我不懂诗，说不清中国诗人对于春的感情如何，如有祈望春之复归说得如此深切者，甚愿得一见之，匆促无可考问，只得姑且阁起耳。

三十四年一月十日，甲申小寒节中。